寄小讀者

冰心 著

冰心（一九〇〇年－一九九九年）

原名謝婉瑩，筆名冰心，取「一片冰心在玉壺」為意。福建省長樂人。著名詩人、作家、翻譯家、兒童文學家。晚年被尊稱為「文壇祖母」。《寄小讀者》是其知名作品，曾影響幾代的小讀者。本書以書信的格式，和小朋友親切的談天說地，充分表達了作家對孩子們的關懷。

總序一

兒童文學的歷史與記憶

林文寶

大陸海豚出版社所出版之中國兒童文學經典懷舊系列，要在臺灣出版繁體版，這是臺灣兒童文學界的大事。該套書是蔣風先生策劃主編，其實就是上個世紀二、三十年代的作家與作品，絕大部分的作家與作品皆已是陌生的路人。因此，說是經典有失嚴肅；至於懷舊，或許正是這套書當時出版的意義所在。如今在臺灣印行繁體版，其意義又何在？

考查各國兒童文學的源頭，一般來說有三：

一、口傳文學
二、古代典籍
三、啟蒙教材

而臺灣似乎不只這三個源頭，綜觀臺灣近代的歷史，先後歷經荷蘭人佔據三十八年（一六二四—一六六二），西班牙局部佔領十六年（一六二六—

一六四二），明鄭二十二年（一六六一—一六八三），清朝治理二〇〇餘年（一六八三—一八九五），以及日本佔據五十年（一八九五—一九四五）。其間，相當長時間是處於被殖民的地位。因此，除了漢人移民文化外，尚有殖民者文化的滲入；尤其以日治時期的殖民文化影響最為顯著，荷蘭次之，西班牙最少，是以臺灣的文化在一九四五年以前是以漢人與原住民文化為主，殖民文化為輔的文化形態。

一九四五年十月二十五日國民黨接收臺灣後，大陸人來臺，注入文化的熱血液。接著一九四九年十二月七日國民黨政府遷都臺北，更是湧進大量的大陸人口。而後兩岸進入完全隔離的型態，直至一九八七年十一月臺灣戒嚴令廢除，兩岸開始有了交流與互動。一九八九年八月十一至二十三日「大陸兒童文學研究會」成員七人，於合肥、上海與北京進行交流，這是所謂的「破冰之旅」，正式開啟兩岸兒童文學交流歷史的一頁。

其實，兩岸或說同文，但其間隔離至少有百年之久，且由於種種政治因素，目前兩岸又處於零互動的階段。而後「發現臺灣」已然成為主流與事實。

因此，所謂臺灣兒童文學的源頭或資源，除前述各國兒童文學的三個源頭，又有受日本、西方歐美與中國的影響。而所謂三個源頭主要是以漢人文化為主，其實也就是傳統的中國文化。

臺灣兒童文學的起點，無論是一九〇七年（明治四〇年），或是一九一二年（明治四十五年／大正元年），雖然時間在日治時期，但無疑臺灣的兒童文學是屬於華文世界兒童文學的一支，它與中國漢人文化是有血緣近親的關係。因此，了解中國上個世紀新時代繁華盛世的兒童文學，是一種必然尋根之旅。

本套書是以懷舊和研究為先，因此增補了原書出版的年代（含年、月）、出版地以及作者簡介等資料。期待能補足你對華文世界兒童文學的歷史與記憶。

林文寶，現任臺東大學榮譽教授，曾任臺東大學人文文學院院長、兒童文學研究所創所所長、亞洲兒童文學學會臺灣會長等。獲得第三屆五四兒童文學教育獎，中國文藝協會文藝獎章（兒童文學獎），信誼特殊貢獻獎等獎肯定。

總序二

原貌重現中國兒童文學作品

蔣風

今年年初的一天，我的年輕朋友梅杰給我打來電話，他代表海豚出版社邀請我為他策劃的一套中國兒童文學經典懷舊系列擔任主編，也許他認為我一輩子與中國兒童文學結緣，且大半輩子從事中國兒童文學教學與研究工作，對這一領域比較熟悉，了解較多，有利於全套書系經典作品的斟酌與取捨。

一開始我也感到有點突然，但畢竟自己從童年開始，就是讀《稻草人》《寄小讀者》《大林和小林》等初版本長大的。後又因教學和研究工作需要，幾乎一而再、再而三與這些兒童文學經典作品為伴，並反復閱讀。很快地，我的懷舊之情油然而生，便欣然允諾。

近幾個月來，我不斷地思考著哪些作品稱得上是中國兒童文學的經典？哪幾種是值得我們懷念的版本？一方面經常與出版社電話商討，一方面又翻找自己珍藏的舊書。同時還思考著出版這套書系的當代價值和意義。

中國兒童文學的歷史源遠流長，卻長期處於一種「不自覺」的蒙昧狀態。而清末宣統年間孫毓修主編的「童話叢刊」中的《無貓國》的出版，可算是「覺醒」的一個信號，至今已經走過整整一百年了。即便從中國出現「兒童文學」這個名詞後，葉聖陶的《稻草人》出版算起，也將近一個世紀了。在這段不長的時間裡，中國兒童文學不斷地成長，漸漸走向成熟。其中有些作品經久不衰，而一些作品卻在歷史的進程中消失了蹤影。然而，真正經典的作品，應該永遠活在眾多讀者的心底，並不時在讀者的腦海裡泛起她的倩影。

當我們站在新世紀初葉的門檻上，常常會在心底提出疑問：在這一百多年的時間裡，中國到底積澱了多少兒童文學經典名著？如今的我們又如何能夠重溫這些經典呢？

在市場經濟高度繁榮的今天，環顧當下圖書出版市場，能夠隨處找到這些經典名著各式各樣的新版本。遺憾的是，我們很難從中感受到當初那種閱讀經典作品時的新奇感、愉悦感、崇敬感。因為市面上的新版本，大都是美繪本、青少版、刪節版，甚至是粗糙的改寫本或編寫本。不少編輯和編者輕率地刪改了原作的字詞、標點，配上了與經典名著不甚協調的插圖。我想，真正的經典版本，從內容到形式都應該是精致的、典雅的，書中每個角落透露出來的氣息，都要與作品內在的美感、精神、品質相一致。於是，我繼續往前回想，記憶起那些經典名著的初版本，或者其他的老版本——我的心不禁微微一震，那裡才有我需要的閱讀感覺。

在很長的一段時間裡，我也渴望著這些中國兒童文學舊經典，能夠以它們原來的面貌重現於今天的讀者面前。至少，新的版本能夠讓讀者記憶起它們初始的樣子。此外，還有許多已經沉睡在某家圖書館或某個民間藏書家手裡的舊版本，我也希望它們能夠以原來的樣子再度展現自己。我想這恐怕也就是出版者推出這套書系的初衷。

也許有人會懷疑這種懷舊感情的意義。其實，懷舊是人類普遍存在的情感。它是一種自古迄今，不分中外都有的文化現象，反映了人類作為個體，在漫長的人生旅途上，需要回首自己走過的路，讓一行行的腳印在腦海深處復活。

懷舊，不是心靈無助的漂泊；懷舊也不是心理病態的表徵。懷舊，能夠使我們憧憬理想的價值；懷舊，可以讓我們明白追求的意義；懷舊，也促使我們理解生命的真諦。它既可讓人獲得心靈的慰藉，也能從中獲得精神力量。因此，我認為出版本書系，也是另一種形式的文化積澱。

懷舊不僅是一種文化積澱，它更為我們提供了一種經過時間發酵釀造而成的文化營養。它為認識、評價當前兒童文學創作、出版、研究提供了一份有價值的參照系統，體現了我們對它們批判性的繼承和發揚，同時還為繁榮我國兒童文學事業提供了一個座標、方向，從而順利找到超越以往的新路。這是本書系出版的根本旨意的基點。

這套書經過長時間的籌畫、準備，將要出版了。

我們出版這樣一個書系，不是炒冷飯，而是迎接一個新的挑戰。

我們的汗水不會白灑，這項勞動是有意義的。

我們是嚮往未來的，我們正在走向未來。

我們堅信自己是懷著崇高的信念，追求中國兒童文學更崇高的明天的。

二〇一一年三月二〇日

於中國兒童文學研究中心

蔣風，一九二五年生，浙江金華人。亞洲兒童文學學會共同會長、中國兒童文學學科創始人、中國國際兒童文學館館長。曾任浙江師範大學校長。著有《中國兒童文學講話》《兒童文學叢談》《兒童文學概論》《蔣風文壇回憶錄》等。二〇一一年，榮獲國際格林獎，是中國迄今為止唯一的獲得者。

目錄

寄小讀者

通訊一

似曾相識的小朋友們：

我以抱病又將遠行之身，此三兩月內，自分已和文字絕緣；因為昨天看見《晨報》副刊上已特辟了「兒童世界」一欄，欣喜之下，便借著軟弱的手腕，生疏的筆墨，來和可愛的小朋友，作第一次的通訊。

在這開宗明義的第一信裡，請你們容我在你們面前介紹我自己。我是你們天真隊裡的一個落伍者——然而有一件事，是我常常用以自傲的：就是我從前也曾是一個小孩子，現在還有時仍是一個小孩子。為著要保守這一點天真直到我轉入另一世界時為止，我懇切地希望你們幫助我，提攜我，我自己也要永遠勉勵著，做你們的一個最熱情最忠實的朋友！

小朋友，我要走到很遠的地方去。我十分地喜歡有這次的遠行，因為或者可以從旅行中多得些材料，以後的通訊裡，能告訴你們些略為新奇的事情。——我去的地方，是在地球的那一邊。我有三個弟弟，最小的十三歲了。他念過地理，知道地球是圓的。他開玩笑地和我說：「姊姊，你走了，我們想你的時候，可以拿一根很長的竹竿子，從我們的院子裡，直穿到對面你們的院子去，穿成一個孔穴。我們從那孔穴裡，可以彼此看見。我看看你別後是否胖了，或是瘦了。」小朋友想這是可能的事情麼？——我又有一個小朋友，今年四歲了。他有一天問我說：「姑姑，你去的地方，是比前門還遠麼？」小朋友看是地球的那一邊遠呢？還是前門遠呢？

我走了——要離開父母兄弟，一切親愛的人。雖然是時期很短，我也已覺得很難過。倘若你們在風晨雨夕，在父親母親的膝下懷前，姊妹弟兄的行間隊裡，快樂甜柔的時光之中，能聯想到海外萬里有一個熱情忠實的朋友，獨在惱人淒清的天氣中，不能享得這般濃福，則你們一瞥時的天真的憐念，從宇宙之靈中，已遙遙地付與我以極大無量的快樂與慰安！

小朋友，但凡我有工夫，一定不使這通訊有長期間的間斷。若是間斷的時候長了些，也請你們饒恕我。因為我若不是在童心來復的一剎那頃拿起筆來，我決不敢以成人煩雜之心，來寫這通訊。這一層是要請你們體恤憐憫的。

這信該收束了，我心中莫可名狀，我覺得非常的榮幸！

冰心

一九二三年七月二十五日

通訊二

小朋友們：

我極不願在第二次的通訊裡，便劈頭告訴你們一件傷心的事情。然而這件事，從去年起，使我的靈魂受了隱痛，直到現在，不容我不在純潔的小朋友面前懺悔。

去年的一個春夜——很清閒的一夜，已過了九點鐘了，弟弟們都已去睡覺，只我的父親和母親對坐在圓桌旁邊，看書，吃果點，談話。我自己也拿著一本書，倚在椅背上站著看。那時一切都很和柔，很安靜的。

一隻小鼠，悄悄地從桌子底下出來，慢慢地吃著地上的餅屑。這鼠小得很，它無猜地，坦然地，一邊吃著，一邊抬頭看著我——我驚悅地喚起來，母親和父親都向下注視了。四面眼光之中，它仍是怡然地不走，燈影下照見它很小很小，淺灰色的嫩毛，靈便的小身體，一雙閃爍的明亮的小眼睛。

小朋友們，請容我懺悔！一剎那頃我神經錯亂地俯將下去，拿著手裡的書，輕輕地將它蓋上。——上帝！它竟然不走。隔著書頁，我覺得它柔軟的小身體，無抵抗地蜷伏在地上。

這完全出於我意料之外了！我按著它的手，方在微顫母親已連忙說：「何苦來！這麼馴良有趣的一個小活物……」

話猶未了，小狗虎兒從簾外跳將進來。父親也連忙說：「快放手，虎兒要得著它了！」我又神經錯亂地拿起書來，可恨呵！它仍是怡然地不動。——一聲喜悅的微吼，虎兒已撲著它，不容我喚住，已銜著它從簾隙裡又鑽了出去。出到門外，只聽得它在虎兒口裡微弱淒苦地啾啾地叫了幾聲，此後便沒有了聲息。——前後不到一分鐘，這溫柔的小活物，使我心上颼地著了一箭！

我從驚惶中長吁了一口氣。母親慢慢也放下手裡的書，抬頭看著我說：「我看它實在小得很，無機得很。否則一定跑了。初次出來覓食，不見回來，它母親在窩裡，不定怎樣地想望呢。」

小朋友，我墮落了，我實在墮落了！我若是和你們一般年紀的時候，聽得這話，一定要慢慢地挪過去，突然地撲在母親懷中痛哭。然而我那時……小朋友們恕我！我只裝作不介意地笑了一笑。

安息的時候到了，我回到臥室裡去。勉強的笑，增加了我的罪孽，我徘徊了半天，心裡不知怎樣才好。我沒有換衣服，只倚在床沿，伏在枕上，在這種狀態之下，靜默了有十五分鐘——我至終流下淚來。

至今已是一年多了，有時讀書至夜深，再看見有鼠子出來，我總覺得憂愧，幾乎要避開。我總想是那隻小鼠的母親，含著傷心之淚，夜夜出來找它，要帶它回去。

不但這個，看見虎兒時想起，夜坐時也想起，這印象在我心中時時作痛。有一次禁受不住，便對一個成人的朋友，說了出來；我拼著受她一場責備，好減除我些痛苦。不想她卻失笑著說：「你真是越來越孩子氣了，針尖大的事，也值得說說！」她漠然的笑容，竟將我以下的話，攔了回去。從那時起，我灰心絕望，我沒有向第二個成人，再提起這針尖大的事！

我小時曾為一頭折足的蟋蟀流淚，為一隻受傷的黃雀嗚咽；我小時明白一切生命，在造物者眼中是一般大小的；我小時未曾做過不仁愛的事情，但如今墮落了……

今天都在你們面前陳訴承認了，嚴正的小朋友，請你們裁判罷！

冰心

一九二三年七月二十八日，北京

通訊三

親愛的小朋友：

昨天下午離開了家，我如同入夢一般。車轉過街角的時候，我回頭凝望著——除非是再看見這緣滿豆葉的棚下的一切親愛的人，我這夢是不能醒的了！

送我的盡是小孩子——從家裡出來，同車的也是小孩子，車前車後也是小孩子。我深深覺得淒惻中的光榮。冰心何福，得這些小孩子天真純潔的愛，消受這甚深而不牽累的離情。

火車還沒有開行，小弟弟冰季別到臨頭，才知道難過，不住地牽著冰叔的衣袖，說：「哥哥，我們回去罷。」他酸淚盈眸，遠遠地站著。我叫過他來，捧住了他的臉，我又無力地放下手來，他們便走了。我們至終沒有一句話。

慢慢地火車出了站，一邊城牆，一邊楊柳，從我眼前飛過。我心沉沉如死，倒覺得廓然，便拿起國語文學史來看。剛翻到「卿雲爛兮」一段，忽然看見書頁上的空白處寫著幾個大字：「別忘了小小。」我的心忽然一酸，連忙抛了書，走到對面的椅子上坐下——這是冰季的筆跡呵！小弟弟，如何還困弄我於別離之後？

夜中只是睡不穩，幾次坐起，開起窗來，只有模糊的半圓的月，照著深黑無際的田野。——車在風馳電掣中，輪聲軋軋裡，奔向著無限的前途。明月和我，一步一步地離家遠了！

今早過濟南，我五時便起來，對窗整發。外望遠山連綿不斷，都沒在朝靄裡，淡到欲無。只淺藍色的山峰一線，橫亙天空。山坳裡人家的炊煙，濛濛地屯在谷中，如同雲起。朝陽極光明地照臨在無邊的整齊青綠的田畦上。我梳洗畢憑窗站了半點鐘，在這莊嚴偉大的環境中，我只能默然低頭，讚美萬能智慧的造物者。過泰安府以後，朝露還零。各月臺都在濃陰之中，最有古趣，最清幽。到此我才下車稍稍散步，遠望泰山，悠然神往。默誦「高山仰止，景行行止，雖不能至，心嚮往之」四句，反復了好幾遍。

自此以後，月臺上時聞皮靴拖踏聲，刀槍相觸聲，又見黃衣灰衣的兵丁，成隊地來往梭巡。我忽然憶起臨城劫車的事，知道快到抱犢岡了，我切願一見那些持刀背劍來去如飛的人。我這時心中只憧憬著梁山泊好漢的生活，武松林沖魯智深的生活。我不是羨慕什麼分金閣，剝皮亭，我羨慕那種激越豪放、大刀闊斧的胸襟！

因此我走出去，問那站在兩車掛接處荷槍帶彈的兵丁。他說快到臨城了，抱犢岡遠在幾十里外，車上是看不見的。他和我說話極溫和，說的是純正的山東話。我如同遠客聽到鄉音一般，起了無名的喜悅。——山東是我靈魂上的故鄉，我只喜歡忠懇的山東人，聽那生怯的山東話。

一站一站地近江南了，我旅行的快樂，已經開始。這次我特意定的自己一間房子，為的要自由一些，安靜一些，好寫些通訊。我靠在長枕上，近窗坐著。

向陽那邊的窗簾，都嚴嚴地掩上。對面一邊，為要看風景，便開了一半。涼風徐來，這房裡寂靜幽陰已極。除了單調的輪聲以外，與我家中的書室無異。窗內雖然沒有滿架的書，而窗外卻旋轉著偉大的自然。筆在手裡，句在心裡，只要我不按鈴，便沒有人進來攪我。龔定庵有句云：「……都道西湖清怨極，誰分這般濃福？……」今早這樣恬靜喜悅的心境，是我所夢想不到的。書此不但自慰，並以慰弟弟們和紀念我的小朋友。

冰心

一九二三年八月四日，津浦道中

通訊四

小朋友：

好容易到了臨城站，我走出車外。只看見一大隊兵，打著紅旗，上面寫著「……第二營……」又放炮仗，又吹喇叭；此外站外只是遠山田壟，更沒有什麼。

我很失望，我竟不曾看見一個穿夜行衣服，帶鏢背劍，來去如飛的人。

自此以南，浮雲蔽日。軌道旁時有小湫。也有小孩子，在水裡洗澡遊戲。更有小女兒，戴著大紅花，坐在水邊樹底作活計，那低頭穿線的情景，煞是溫柔可愛。

過南宿州至蚌埠，軌道兩旁，雨水成湖。湖上時有小舟來往。無際的微波，映著落日，那景物美到不可描畫。——自此人民的口音，漸漸地改了，我也漸漸地覺得心怯，也不知道為什麼。

過金陵正是夜間，上下車之頃，只見隔江燈火燦然。我只想像著城內的秦淮莫愁，而我所能看見的，只是長橋下微擊船舷的黃波浪。

五日絕早過蘇州。兩夜失眠，煩困已極，而窗外風景，浸入我倦乏的心中，使我悠然如醉。江水伸入田壟，遠遠幾架水車，一簇一簇的茅亭農舍，樹圍水繞，自成一村。水漾輕波，樹枝低亞。當幾個農婦挑著擔兒，荷著鋤兒，從那邊走過之時，真不知是詩是畫！

有時遠見大江，江帆點點，在曉日之下，清極秀極。我素喜北方風物，至此也不得不傾倒於江南之雅澹溫柔。

晨七時半到了上海，又有小孩子來接，一聲「姑姑」，予我以無限的歡喜——

到此已經四五天了，休息之後，俗事又忙個不了。今夜夜涼如水，燈下只有我自己。在此靜夜極難得，許多姊妹兄弟，知道我來，多在夜間來找我乘涼閒話。

我三次拿起筆來，都因門環響中止，憑闌下視，又是哥哥姊妹來看望我的。我慰悅而又惆悵，因為三次延擱了我所樂意寫的通訊。

這只是沿途的經歷，感想還多，不願在忙中寫過，以後再說。夜深了，容我說晚安罷！

冰心

一九二三年八月九日，上海

通訊五

小朋友：

早晨五時起來，趁著人靜，我清明在躬之時，來寫幾個字。

這次過蚌埠，有母女二人上車，茶房直引她們到我屋裡來。她們帶著好幾個提籃，內中一個滿圈著小雞。那時車中熱極，小雞都紛紛地伸出頭來喘氣，那個女兒不住地又將它們按下去。她手腳匆忙，好似彈琴一般。那女兒二十上下年紀，穿著一套麻紗的衣服，一臉的麻子，又滿撲著粉，頭上手上戴滿了簪子，耳珥，戒指，鐲子之類，說話時善能作態。我那時也不知是因為天熱，心中煩躁，還是什麼別的緣故，只覺得那女孩兒太不可愛。我沒有同她招呼，只望著窗外，一回頭正見她們談著話，那女孩兒不住撒嬌撒癡地要湯要水；她母親穿一套青色香雲紗的衣服，五十歲上下，面目藹然，和她談話的態度，又似愛憐，又似斥責。我旁觀忽然心裡難過，趁有她們在屋，便走了出去——小朋友！我想起我的母親，不覺憑在甬道的窗邊，臨風偷灑了幾點酸淚。

請容我傾吐，我信世界上只有你們不笑話我！我自從去年得有遠行的消息以後，我背著母親，天天數著日子。日子一天一天地過了，我也漸漸地瘦了。大人們常常安慰我說：「不要緊的，這是好事！」我何嘗不知道是好事？叫我說起來，恐怕比他們說的還動聽。然而我終竟是個弱者，弱者中最弱的一個。我時常暗恨我自己！臨行之前，到姨母家裡去，姨母一面張羅我就坐吃茶，一面笑問：「你走了，捨得母親麼？」我也從容地笑說：「那沒有什麼，日子又短，那邊還有人照應。」——等到姨母出去，小表妹忽然走到我面前，兩手按在我的膝上，仰著臉說：「姊姊，是麼？你真捨得母親麼？」我那時忽然禁制不住，看著她那智慧誠摯的臉，眼淚直奔湧了出來。我好似要墮下深崖，求她牽援一般。我緊握著她的小手，低聲說：「不瞞你說，妹妹，我捨不得母親，捨不得一切親愛的人！」

小朋友！大人們真是可欽羨的，他們的眼淚是輕易不落下來的；他們又勇敢，又大方。在我極難過的時候，我的父親母親，還能從容不迫地勸我。雖不知背地裡如何，那時總算體恤、堅忍，我感激至於無地！

我雖是弱者，我還有我自己的傲岸，我還不肯在不相干的大人前，披露我的弱點。行前和一切師長朋友的談話，總是喜笑著說的。我不願以我的至情，來受他們的譏笑。然而我卻願以此在上帝和小朋友面前乞得幾點神聖的同情的眼淚！

窗外是斜風細雨，寫到這時，我已經把持不住。同情的小朋友，再談罷！

冰心

一九二三年八月十二日，上海

通訊六

小朋友：

你們讀到這封信時，我已離開了可愛的海棠葉形的祖國，在太平洋舟中了。我今日心厭凄戀的言詞，再不說什麼話，來撩亂你們簡單的意緒。

小朋友，我有一個建議：「兒童世界」欄，是為兒童辟的，原當是兒童寫給兒童看的。我們正不妨得寸進寸、得尺進尺的，竭力佔領這方土地。有什麼可喜樂的事情，不妨說出來，讓天下小孩子一同笑笑；有什麼可悲哀的事情，也不妨說出來，讓天下小孩子陪著哭哭。只管坦然公然的，大人前無須畏縮。——小朋友，這是我們積蓄的祕密，容我們低聲匿笑地說罷！大人的思想，竟是極高深奧妙的，不是我們所能以測度的。不知道為什麼，他們的是非，往往和我們的顛倒。往往我們所以為刺心刻骨的，他們卻雍容談笑地不理；我們所以為是渺小無關的，他們卻以為是驚天動地的事功。比如說罷，開炮打仗，死了傷了幾萬幾千的人，血肉模糊地臥在地上。我們不必看見，只要聽人說了，就要心悸，夜裡要睡不著，或是說囈語的；他們卻不但不在意，而且很喜歡操縱這些事。又如我們覺得老大的中國，不拘誰做總統，只要他老老實實，治撫得大家平平安安的，不妨礙我們的遊戲，我們就心滿意足了；而大人們卻奔走辛苦地談論這件事，他舉他，他推他，亂個不了，比我們玩耍時舉「小人王」還難。總而言之，他們的事，我們不敢管，也不會管；我們的事，他們竟是不屑管。所以我們大可暢膽地談談笑笑，不必怕他們笑話。我的話完了，請小朋友拍手贊成！

我這一方面呢？除了一星期後，或者能從日本寄回信來之外，往後兩個月中，因為道遠信件遲滯的關係，恐怕不能有什麼消息。秋風漸涼，最宜書寫，望你們努力！

在上海還有許多有意思的事要報告給你們，可惜我太忙，大約要留著在船上，對著大海，慢慢地寫，請等待著。

小朋友！明天午後，真個別離了！願上帝無私照臨的愛光，永遠包圍著我們，永遠溫慰著我們。

別了，別了，最後的一句話，願大家努力做個好孩子！

冰心

一九二三年八月十六日，上海

注：以上六篇最初發表於《晨報・兒童世界》一九二三年七—八月，後收入《寄小讀者》，北新書局一九二六年五月初版。

通訊七

親愛的小朋友：

八月十七的下午，約克遜號郵船無數的窗眼裡，飛出五色飄揚的紙帶，遠遠地拋到岸上，任憑送別的人牽住的時候，我的心是如何的飛揚而淒惻！

癡絕的無數的送別者，在最遠的江岸，僅僅牽著這終於斷絕的紙條兒，放這龐然大物，載著最重的離愁，飄然西去！

船上生活，是如何的清新而活潑。除了三餐外，只是隨意遊戲散步。海上的頭三日，我竟完全回到小孩子的境地中去了，套圈子，拋沙袋，樂此不疲，過後又絕然不玩了。後來自己回想很奇怪，無他，海喚起了我童年的回憶，海波聲中，童心和遊伴都跳躍到我腦中來。我十分地恨這次舟中沒有幾個小孩子，使我童心來復的三天中，有無猜暢好的遊戲！

我自少住在海濱，卻沒有看見過海平如鏡。這次出了吳淞口，一天的航程，一望無際盡是粼粼的微波。涼風習習，舟如在冰上行。到過了高麗界，海水竟似湖光。藍極綠極，凝成一片。斜陽的金光，長蛇般自天邊直接到闌旁人立處。上自穹蒼，下至船前的水，自淺紅至於深翠，幻成幾十色，一層層，一片片地漾開了來。……小朋友，恨我不能畫，文字竟是世界上最無用的東西，寫不出這空靈的妙景！

八月十八夜，正是雙星渡河之夕。晚餐後獨倚闌旁，涼風吹衣。銀河一片星光，照到深黑的海上。遠遠聽得樓闌下人聲笑語，忽然感到家鄉漸遠。繁星閃爍著，海波吟嘯著，凝立悄然，只有惆悵。

十九日黃昏，已近神戶，兩岸青山，不時地有漁舟往來。日本的小山多半是圓扁的，大家說笑，便道是「饅頭山」。這饅頭山沿途點綴，直到夜裡，遠望燈光燦然，已抵神戶。船徐徐停住，便有許多人上岸去。我因太晚，只自己又到最高層上，初次看見這般璀璨的世界，天上微月的光，和星光，岸上的燈光，無聲相映。不時地還有一串光明從山上橫飛過，想是火車周行。……舟中寂然，今夜沒有海潮音，靜極心緒忽起：「倘若此時母親也在這裡……」我極清晰地憶起北京來，小朋友，恕我，不能往下再寫了。

冰心

一九二三年八月二十日，神戶

朝陽下轉過一碧無際的草坡，穿過深林，已覺得湖上風來，湖波不是昨夜欲睡如醉的樣子了。悄然地坐在湖岸上，伸開紙，拿起筆，抬起頭來，四圍紅葉中，四面水聲裡，我要開始寫信給我久違的小朋友。小朋友猜我的心情是怎樣的呢？

水面閃爍著點點的銀光，對岸義大利花園裡亭亭層列的松樹，都證明我已在萬里外。小朋友，到此已逾一月了，便是在日本也未曾寄過一字。說是對不起呢，我又不願！

我平時寫作，喜在人靜的時候。船上卻處處是公共的地方，艙面闌邊，人人可以來到。海景極好，心胸卻難得清平。我只能在晨間絕早，船面無人時，隨意寫幾個字，堆積至今，總不能整理，也不願草草整理，便遲延到了今日。我是尊重小朋友的，想小朋友也能尊重原諒我！

許多話不知從哪裡說起，而一聲聲打擊湖岸的微波，一層層地沒上雜立的潮石，直到我蔽膝的氈邊來，似乎要求我將她介紹給我的小朋友。小朋友，我真不知如何地形容介紹她！她現在橫在我的眼前。湖上的月明和落日，湖上的濃陰和微雨，我都見過了，真是儀態萬千。小朋友，我的親愛的人都不在這裡，便只有她海的女兒，能慰安我了。Lake Waban，諧音會意，我便喚她做「慰冰」。每日黃昏的遊泛，舟輕如羽，水柔如不勝槳。岸上四圍的樹葉，綠的，紅的，黃的，白的，一叢一叢地倒影到水中來，覆蓋了半湖秋水。夕陽下極其豔冶，極其柔媚。將落的金光，到了樹梢，散在湖面。我在湖上光霧中，低低地囑咐它，帶我的愛和慰安，一同和它到遠東去。

小朋友！海上半月，湖上也過半月了，若問我愛哪一個更甚，這卻難說。——海好像我的母親，湖是我的朋友。我和海親近在童年，和湖親近是現在。海是深闊無際，不著一字，她的愛是神祕而偉大的，我對她的愛是歸心低首的。湖是紅葉綠枝，有許多襯托，她的愛是溫和嫵媚的，我對她的愛是清淡相照的。這也許太抽象，然而我沒有別的話來形容了！小朋友，兩月之別，你們自己寫了多少，母親懷中的樂趣，可以說來讓我聽聽麼？這便算是沿途書信的小序。此後仍將那寫好的信，按序寄上，日月和地方，都因其舊，「弱遊」的我，如何自太平洋東岸的上海繞到大西洋東岸的波士頓來，這些信中說得很清楚，請在那裡看罷！

不知這幾百個字，何時方達到你們那裡，世界真是太大了！

冰心

一九二三年十月十四日，慰冰湖畔，威爾斯利

通訊八

親愛的弟弟們：

波士頓一天一天地下著秋雨，好像永沒有開晴的日子。落葉紅的黃的堆積在小徑上，有一寸來厚，踏下去又濕又軟。湖畔是少去的了，然而還是一天一遭。很長很靜的道上，自己走著，聽著雨點打在傘上的聲音。有時自笑不知這般獨往獨來，冒雨迎風，是何目的！走到了，石磯上，樹根上，都是濕的，沒有坐處，

只能站立一會，望著濛濛的霧。湖水白極淡極，四圍湖岸的樹，都隱沒不見，看不出湖的大小，倒覺得神祕。

回來已是天晚，放下綠簾，開了燈，看中國詩詞，和新寄來的晨報副鐫，看到親切處，竟然忘卻身在異國。聽得敲門，一聲「請進」，回頭卻是金髮藍睛的女孩子，笑頰粲然地立於明燈之下，常常使我猛覺，笑而吁氣！

正不知北京怎樣，中國又怎樣了？怎麼在國內的時候，不曾這樣地關心？前幾天早晨，在湖邊石上讀華茲華斯（Wordsworth）的一首詩，題目是〈我在不相識的人中間旅行〉（I travelled among unknown men）：

I travelled among unknown men,
In lands beyond the sea;
Nor, England! did I know till then
What love I bore to thee.

大意是：

直至到了海外，
在不相識的人中間旅行；
英格蘭！我才知道我付與你的
是何等樣的愛。

讀此使我恍然如有所得，又悵然如有所失。是呵，不相識的！湖畔歸來，遠遠幾簇樓窗的燈火，繁星般的燦爛，但不曾與我以絲毫慰藉的光氣！

想起北京城裡此時街上正聽著賣葡萄、賣棗的聲音呢！我真是不堪，在家時黃昏睡起，秋風中聽此，往往淒動不寧。有一次似乎是星期日的下午，你們都到安定門外泛舟去了，我自己廊上凝坐，秋風侵衣。一聲聲賣棗聲牆外傳來，覺得十分黯淡無趣。正不解為何這般寂寞，忽然你們的笑語喧嘩也從牆外傳來，我的惆悵，立時消散。自那時起，我承認你們是我的快樂和慰安，我也明白只要人心中有了春氣，秋風是不會引人愁思的。但那時卻不曾說與你們知道。今日偶然又想起來，這裡雖沒有賣葡萄甜棗的聲響，而窗外風雨交加。為著人生，不得不別離，卻又禁不起別離，你們何以慰我？……一天兩次，帶著鑰匙，憂喜參半地下樓到信櫥前去，隔著玻璃，看不見一張白紙。又近看了看，實在沒有。無精打采地挪上樓來，不止一次了！明知萬里路，不能天天有信，而這兩次終不肯不走，你們何以慰我？

夜漸長了，正是讀書的好時候，願隔著地球，和你們一同勉勵著在晚餐後一定的時刻用功。只恐我在燈下時，你們卻在課室裡。回家千萬常在母親跟前！這種光陰是貴過黃金的，不要輕輕拋擲過去，要知道海外的姊姊，是如何地羨慕你們！——往常在家裡，夜中寫字看書，只管漫無限制，橫豎到了休息時間，父親或母親就會來催促的，擱筆一笑，覺得樂極。如今到了夜深人倦的時候，只能無聊地自己收拾收拾，去做那還鄉的夢。弟弟！想著我，更應當儘量消受你們眼前歡愉的生活。

菊花上市，父親又忙了。今年種得多不多？我案頭只有水仙花，還沒有開，總是含苞，總是希望，當常引起我的喜悅。

快到晚餐的時候了。美國的女孩子，真愛打扮，尤其是夜間。第一遍鐘響，就忙著穿衣敷粉，紛紛晚妝。夜夜晚餐桌上，個個花枝招展的。「巧笑倩兮，美目盼兮，彼美人兮，西方之人兮。」我曾戲譯這四句詩給她們聽。攢三聚五地凝神向我，聽罷相顧，無不歡笑。

不多說什麼了，只有「珍重」二字，願彼此牢牢守著！

冰心

一九二三年十月二十四日夜，閉璧樓

倘若你們願意，不妨將這封信分給我們的小朋友看看。途中書信，正在整理，一兩天內，不見得能寫寄。將此塞責，也是慰情聊勝無呵！又書。

注：以上兩篇最初發表於《晨報・兒童世界》一九二三年十一月，後收入《寄小讀者》。

通訊九

這是我姊姊由病院寄給父親的一封信，描寫她病中的生活和感想，真是比日記還詳。我想她病了，一定不能常寫信給「兒童世界」的小讀者。也一定有許多的小讀者，希望得著她的消息。所以我請於父親，將她這封信發表。父親允許了，我就略加聲明當作小引，想姊姊不至責我多事？

一九二四年一月二十二日，冰仲，北京交大

親愛的父親：

我不願告訴我的恩慈的父親，我現在是在病院裡；然而尤不願有我的任一件事，隱瞞著不叫父親知道！橫豎信到日，我一定已經痊癒，病中的經過，正不妨作記事看。

自然又是舊病了，這病是從母親來的。我病中沒有分毫不適，我只感謝上蒼，使母親和我的體質上，有這樣不模糊的連結。血赤是我們的心，是我們的愛，我愛母親，也並愛了我的病！

前兩天的夜裡——病院中沒有日月，我也想不起來S女士請我去晚餐。在她小小的書室裡。滅了燈，燃著閃閃的燭，對著熊熊的壁爐的柴火，談著東方人的故事。——一回頭我看見一輪淡黃的月，從窗外正照著我們；上下兩片輕綃似的白雲，將她托住。S女士也回頭驚喜讚嘆，匆匆地飲了咖啡，披上外衣，一同走了出去。——原來不僅月光如水，疏星也在天河邊閃爍。

她指點給我看：那邊是織女，那個是牽牛，還有仙女星，獵戶星，孿生的兄弟星，王后星，末後她悄然地微笑說：「這些星星方位和名字，我一一牢牢記住。到我衰老不能行走的時候，我臥在床上，看著疏星從我窗外度過，那時便也和同老友相見一般的喜悅。」她說著起了微喟。月光照著她飄揚的銀白的髮，我已經微微地起了感觸：如何的淒清又帶著詩意的句子呵！

我問她如何會認得這些星辰的名字，她說是因為她的弟弟是航海家的緣故，這時父親已橫上我的心頭了！

記否去年的一個冬夜，我同母親夜坐，父親回來得很晚。我迎著走進中門，朔風中父親帶我立在院裡，也指點給我看：這邊是天狗，那邊是北斗，那邊是箕星。那時我覺得父親的智慧是無限的，知道天空縹緲之中，一切微妙的事——又是一年了！

月光中S女士送我回去，上下的曲徑上，緩緩地走著。我心中悄然不怡——半夜便病了。

早晨還起來，早餐後又臥下。午後還上了一課，課後走了出來，天氣好似早春，慰冰湖波光蕩漾。我慢慢地走到湖旁，臨流坐下，覺得弱又無聊。晚霞和湖波的細響，勉強振起我的精神來，黃昏時才回去。夜裡九時，她們發覺了，立時送我入了病院。

醫院是在小山上學校的範圍之中，夜中到來看不真切。醫生和看護婦在燈光下注視著我的微微的笑容，使我感到一種無名的感覺。——一夜很好，安睡到了天曉。

早晨絕早，看護婦抱著一大束黃色的雛菊，是閉璧樓同學送來的。我忽然下淚憶起在國內病時床前的花了——這是第一次。

這一天中睡的時候最多，但是花和信，不斷地來，不多時便屋裡滿了清香。玫瑰也有，菊花也有，還有許多不知名的。每封信都很有趣味，但信末的名字我多半不認識。因為同學多了，只認得面龐，名字實在難記！

我情願在這裡病，飲食很精良，調理得又細心。我一切不必自己勞神，連頭都是人家替我梳的。我的床一日推移幾次，早晨便推近窗前。外望看見禮拜堂紅色的屋頂和塔尖，看見圖書館，更隱隱地看見了慰冰湖對岸秋葉落盡，樓臺也露了出來。近窗有一株很高的樹，不知道是什麼名字。昨日早上，我看見一隻紅頭花翎的啄木鳥，在枝上站著，好一會才飛走。又看見一頭很小的松鼠，在上面往來跳躍。

從看護婦遞給我的信中，知道許多師長同學來看我，都被醫生拒絕了。我自此便閉居在這小樓裡——這屋裡清雅絕塵，有加無已的花，把我圍將起來。我神志很清明，卻又混沌，一切感想都不起，只停在「臣門如市，臣心如水」的狀態之中。

何從說起呢？不時聽得電話的鈴聲響：

「……醫院……她麼？……很重要……不許接見……眠食極好，最要的是靜養……書等明天送來罷……花和短信是可以的……」

差不多都是一樣的話，我倚枕模糊可以聽見。猛憶起今夏病的時候，電話也一樣地響，冰仲弟說：

「姊姊麼——好多了，謝謝！」

覺得我真是多事，到處叫人家替我忙碌——這一天在半醒半睡中度過。

第二天頭一句問看護婦的話，便是「今天許我寫字麼？」她笑說：「可以的，但不要寫得太長。」我喜出望外，第一封便寫給家裡，報告我平安。不是我想隱瞞，因不知從哪裡說起。第二封便給了閉壁樓九十六個「西方之人兮」的女孩子。我說：

「感謝你們的信和花帶來的愛！——我臥在床上，用悠暇的目光，遠遠看著湖水，看著天空。偶然也看見草地上，圖書館，禮堂門口進出的你們。我如何的幸福呢？沒有那幾十頁的詩，當功課地讀。沒有晨興鐘，促我起來。我閒閒地背著詩句，看日影漸淡，夜中星辰當著我的窗戶；如不是因為想你們，我真不想回去了！」

信和花仍是不斷地來。黃昏時看護婦進來，四顧室中，她笑著說：「這屋裡成了花窖了。」我喜悅地也報以一笑。

我素來是不大喜歡菊花的香氣的，竟不知她和著玫瑰花香拂到我的臉上時，會這樣的甜美而濃烈！這時趁了我的心願了！日長晝永，萬籟無聲。一室之內，惟有花與我。在天然的禁令之中，杜門謝客，過我的清閒回憶的光陰。

把往事一一提起，無一不使我生美滿的微笑。我感謝上蒼：過去的二十年中，使我一無遺憾，只有這次的別離，憶起有些兒驚心！

Ｂ夫人早晨從波士頓趕來，只有她闖入這清嚴的禁地裡。醫生只許她說，不許我說。她雙眼含淚，蒼白無主的面顏對著我，說：「本想我們有一個最快樂的感恩節……然而不要緊的，等你好了，我們另有一個……」

我握著她的手，沉靜地不說一句話。等她放好了花，頻頻回顧地出去之後，望著那「母愛」的後影，我潸然淚下——這是第二次。

夜中絕好，是最難忘之一夜。在眾香國中，花氣氤氳。我請看護婦將兩盞明燈都開了，燈光下，床邊四圍，淺綠濃紅，爭妍鬥媚，如低眉，如含笑。窗外嚴淨的天空裡，疏星炯炯，枯枝在微風中，顫搖有聲。我凝然肅然，此時此心可朝天帝！猛憶起兩句：

消受白蓮花世界，

風來四面臥中央。

這福是不能多消受的！果然，看護婦微笑地進來，開了窗，放下簾子，挪好了床，便一瓶一瓶地都抱了出去，回頭含笑對我說：「太香了，於你不宜，而且夜中這屋裡太冷。」我只得笑著點首，然終留下了一瓶玫瑰，放在窗臺上。在黑暗中，她似乎知道現在獨有她慰藉我，便一夜的溫香不斷。

「花怕冷，我便不怕冷麼？」我因失望起了疑問，轉念我原是不應怕冷的，便又寂然心喜。

日間多眠，夜裡便十分清醒。到了連書都不許看時，才知道能背誦詩句的好處，幾次聽見車聲隆隆走過，我憶起：

水調歌從鄰院度，
雷聲車是夢中過。

朋友們送來一本書，是：

Student's Book of Inspiration

內中有一段恍惚說：

「世界上最難忘的是自然之美……有人能增加些美到世上去，這人便是天之驕子。」

真的，最難忘的是自然之美！今日黃昏時，窗外的慰冰湖，銀海一般地閃爍，意態何等清寒？秋風中的枯枝，叢立在湖岸上，何等疏遠？秋雲又是如何的幻麗？這廣場上忽陰忽晴，我病中的心情，又是何等的飄忽無著？

沉黑中仍是滿了花香，又憶起：

到死未消蘭氣息，
他生宜護玉精神！

父親！這兩句我不應寫了出來，或者會使你生無謂的難過。但我欲其真，當時實是這樣忽然憶起來的。

沒有這般的孤立過，連朋友都隔絕了，但讀信又是怎樣的有趣呢？

一個美國朋友寫著：

「從村裡回來，到你屋去，竟是空空。我幾乎哭了出來！看見你相片立在桌上，我也難過。告訴我，有什麼我能替你做的事情，我十分樂意聽你的命令！」

又一個寫著說：

「感恩節近了，快康健起來罷！大家都想你，你長在我們的心裡！」

但一個日本的朋友寫著：

「生命是無定的，人們有時雖覺得很近，實際上卻是很遠。你和我隔絕了，但我覺得你是常常近著我！」

中國朋友說：

「今天怎麼樣，要看什麼中國書麼？」

都只寥寥數字，竟可見出國民性——一夜從雜亂的思想中度過。

清早的時候，掃除橡葉的馬車聲，輾破曉靜。我又憶起：

馬蹄隱隱聲隆隆，
入門下馬氣如虹。

底下自然又連帶到：

我今垂翅負天鴻，
他日不羞蛇作龍！

這時天色便大明了。

今天是感恩節，窗外的樹枝都結上嚴霜，晨光熹微，湖波也凝而不流，做出初冬天氣。今天草場上斷絕人行，個個都回家過節去了。美國的感恩節如同我們的中秋節一般，是家族聚會的日子。

父親！我不敢說是「每逢佳節倍思親」，因為感恩節在我心中，並沒有什麼甚深的觀念。然而病中心情，今日是很惆悵的。花影在壁，花香在衣。鎊鎊的朝靄中，我默望窗外，萬物無語，我不禁淚下。——這是第三次。

幸而我素來是不喜熱鬧的。每逢佳節，就想到幽靜的地方去。今年此日避到這小樓裡，也是清福。昨天偶然憶起辛幼安的〈青玉案〉：

眾裡尋他千百度——

驀然回首，

那人卻在

燈火闌珊處。

我隨手便記在一本書上，並附了幾個字：

「明天是感恩節，人家都尋歡樂去了，我卻閉居在這小樓裡。然而憶到這孤芳自賞，別有懷抱的句子，又不禁喜悅地笑了。」

花香纏繞筆端，終日寂然。我這封信時作時輟，也用了一天工夫。醫生替我回絕了許多朋友，我恍惚聽見她電話裡說：「她今天看著中國的詩，很平靜，很喜悅！」我便笑了，我昨天倒是看詩，今天卻是拿書遮著我的信紙。父親！我又淘氣了！

看護婦的嚴淨的白衣，忽然現在我的床前。她又送一束花來給我——同時她發覺了我寫了許多，笑著便來禁止，我無法奈她何。她走了，她實是一個最可愛的女子，當她在屋裡蹀躞之頃，無端有「身長玉立」四字浮上腦海。

當父親讀到這封信時，我已生龍活虎般在雪中遊戲了，不要以我置念罷！——寄我的愛與家中一切的人！我紀念著他們每一個！

這回真不寫了，父親記否我少時的一夜，黑暗裡跑到山上的旗臺上去找父親，一星燈火裡，我們在山上下彼此喚著。我一憶起，心中就充滿了愛感。如今是隔著我們摯愛的海洋呼喚著了！親愛的父親，再談罷，也許明天我又寫信給你！

女兒瑩倚枕

一九二三年十一月二十九日

通訊十

親愛的小朋友：

我常喜歡挨坐在母親的旁邊，挽住她的衣袖，央求她述說我幼年的事。

母親凝想地，含笑地，低低地說：

「不過有三個月罷了，偏已是這般多病。聽見端藥杯的人的腳步聲，已知道驚怕啼哭。許多人圍在床前，乞憐的眼光，不望著別人，只向著我，似乎已經從人群裡認識了你的母親！」

這時眼淚已濕了我們兩個人的眼角！

「你的彌月到，穿著舅母送的水紅綢子的衣服，戴著青緞沿邊的大紅帽子，抱出到廳堂前。因看你豐滿紅潤的面龐，使我在姊妹妯娌群中，起了驕傲。

「只有七個月，我們都在海舟上，我抱你站在闌旁。海波聲中，你已會呼喚『媽媽』和『姊姊』。」

對於這件事，父親和母親還不時地起爭論。父親說世上沒有七個月會說話的孩子。母親堅執說是的。在我們家庭歷史中，這事至今是件疑案。

「濃睡之中猛然聽得丐婦求乞的聲音，以為母親已被她們帶去了。冷汗被面地驚坐起來，臉和唇都青了，嗚咽不能成聲。我從後屋連忙進來，珍重地攬住，經過了無數的解釋和安慰。自此後，便是睡著，我也不敢輕易地離開你的床前。」

這一節，我彷彿記得，我聽時寫時都重新起了嗚咽！

「有一次你病得重極了。地上鋪著席子，我抱著你在上面膝行。正是暑月，你父親又不在家。你斷斷續續說的幾句話，都不是三歲的孩子所能夠說的。因著你奇異的智慧，增加了我無名的恐怖。我打電報給你父親，說我身體和靈魂上都已不能再支持。忽然一陣大風雨，深憂的我，重病的你，和你疲乏的乳母，都沉沉地睡了一大覺。這一番風雨，把你又從死神的懷抱裡，接了過來。」

我不信我智慧，我又信我智慧！母親以智慧的眼光，看萬物都是智慧的，何況她的唯一摯愛的女兒？

「頭髮又短，又沒有一刻肯安靜。早晨這左右兩個小辮子，總是梳不起來。沒有法子，父親就來幫忙：『站好了，站好了，要照相了！』父親拿著照相匣子，假作照著。又短又粗的兩個小辮子，好容易天天這樣地將就地編好了。」

我奇怪我竟不懂得向父親索要我每天照的相片！

「陳媽的女兒寶姐，是你的好朋友。她來了，我就關你們兩個人在屋裡，我自己睡午覺。等我醒來，一切的玩具，小人小馬，都當做船，飄浮在臉盆的水裡，地上已是水汪汪的。」

寶姐是我一個神祕的朋友，我自始至終不記得，不認識她。然而從母親口裡，我深深地愛了她。

「已經三歲了，或者快四歲了。父親帶你到他的兵艦上去，大家匆匆地替你換上衣服，你自己不知什麼時候，把一隻小木鹿，放在小靴子裡。到船上只要父親抱著，自己一步也不肯走。放到地上走時，只有一跛一跛的。大家奇怪了，脫下靴子，發現了小木鹿。父親和他的許多朋友都笑了。——傻孩子！你怎麼不會說？」

母親笑了，我也伏在她的膝上羞愧地笑了。——回想起來，她的質問，和我的羞愧，都是一點理由沒有的。十幾年前事，提起當面前事說，真是無謂。然而那時我們中間瀰漫了癡和愛！

「你最怕我凝神，我至今不知是什麼緣故。每逢我凝望窗外，或是稍微地呆了一呆，你就過來呼喚我，搖撼我，說：『媽媽，你的眼睛怎麼不動了？』我有時喜歡你來抱住我，便故意地凝神不動。」

我自己也不知道是什麼緣故。也許母親凝神，多是憂愁的時候，我要攪亂她的思路，也未可知。無論如何，這是個隱謎！

「然而你自己卻也喜凝神。天天吃著飯，呆呆地望著壁上的字畫，桌上的鐘和花瓶，一碗飯數米粒似的，吃了好幾點鐘。我急了，便把一切都挪移開。」

這件事我記得，而且很清楚，因為獨坐沉思的脾氣至今不改。

當她說這些事的時候，我總是臉上堆著笑，眼裡滿了淚，聽完了用她的衣袖來印我的眼角，靜靜地伏在她的膝上。這時宇宙已經沒有了，只母親和我，最後我也沒有了，只有母親；因為我本是她的一部分！

這是如何可驚喜的事，從母親口中，逐漸地發現了，完成了我自己！她從最初已知道我，認識我，喜愛我，在我不知道不承認世界上有個我的時候，她已愛了我了。我從三歲上，才慢慢地在宇宙中尋到了自己，愛了自己，認識了自己；然而我所知道的自己，不過是母親意念中的百分之一，千萬分之一。

小朋友！當你尋見了世界上有一個人，認識你，知道你，愛你，都千百倍地勝過你自己的時候，你怎能不感激，不流淚，不死心塌地地愛她，而且死心塌地地容她愛你？

有一次，幼小的我，忽然走到母親面前，仰著臉問說：「媽媽，你到底為什麼愛我？」母親放下針線，用她的面頰，抵住我的前額，溫柔地，不遲疑地說：「不為什麼——只因你是我的女兒！」

小朋友！我不信世界上還有人能說這句話！「不為什麼」這四個字，從她口裡說出來，何等剛決，何等無迴旋！她愛我，不是因為我是「冰心」，或是其他人世間的一切虛偽的稱呼和名字！她的愛是不附帶任何條件的，唯一的理由，就是我是她的女兒。總之，她的愛，是屏除一切，拂拭一切，層層地麾開我前後左右所蒙罩的，使我成為「今我」的原素，而直接地來愛我的自身！

假使我走至幕後，將我二十年的歷史和一切都更變了，再走出到她面前，世界上縱沒有一個人認識我，只要我仍是她的女兒，她就仍用她堅強無盡的愛來包圍我。她愛我的肉體，她愛我的靈魂，她愛我前後左右，過去，將來，現在的一切！

天上的星辰，驟雨般落在大海上，嗤嗤繁響。海波如山一般的洶湧，一切樓屋都在地上旋轉，天如同一張藍紙卷了起來。樹葉子滿空飛舞，鳥兒歸巢，走獸躲到它的洞穴。萬象紛亂中，只要我能尋到她，投到她的懷裡……天地一切都信她！她對於我的愛，不因著萬物毀滅而更變！

她的愛不但包圍我，而且普遍地包圍著一切愛我的人；而且因著愛我，她也愛了天下的兒女，她更愛了天下的母親。小朋友！告訴你一句小孩子以為是極淺顯，而大人們以為是極高深的話，「世界便是這樣地建造起來的！」

世界上沒有兩件事物，是完全相同的，同在你頭上的兩根絲髮，也不能一般長短。然而——請小朋友們和我同聲讚美！只有普天下的母親的愛，或隱或顯，或出或沒，不論你用斗量，用尺量，或是用心靈的度量衡來推測；我的母親對於我，你的母親對於你，她的和他的母親對於她和他；她們的愛是一般的長闊高深，分毫都不差減。小朋友！我敢說，也敢信古往今來，沒有一個敢來駁我這句話。當我發覺了這神聖的祕密的時候，我竟歡喜感動得伏案痛哭！

我的心潮，沸湧到最高度，我知道於我的病體是不相宜的，而且我更知道我所寫的都不出乎你們的智慧範圍之外。——窗外正是下著緊一陣慢一陣的秋雨，玫瑰花的香氣，也正無聲地讚美她們的「自然母親」的愛！

我現在不在母親的身畔——但我知道她的愛沒有一刻離開我，她自己也如此說！——暫時無從再打聽關於我的幼年的消息；然而我會寫信給我的母親。我說：「親愛的母親，請你將我所不知道的關於我的事，隨時記下寄來給我。我現在正是考古家一般的，要從深知我的你口中，研究我神祕的自己。」

被上帝祝福的小朋友！你們正在母親的懷裡。——小朋友！我教給你，你看完了這一封信，放下報紙，就快快跑去找你的母親，若是她出去了，就去坐在門檻上，靜靜地等她回來——不論在屋裡或是院中，把她尋見了，你便上去攀住她，左右親她的臉，你說：「母親！若是你有工夫，請你將我小時候的事情，說給我聽！」等她坐下了，你便坐在她的膝上，倚在她的胸前，你聽得見她心脈和緩地跳動，你仰著臉，會有無數關於你的，你所不知道的美妙的故事，從她口裡天樂一般地唱將出來！

然後——小朋友！我願你告訴我，她對你所說的都是什麼事。

我現在正病著，沒有母親坐在旁邊，小朋友一定憐念我，然而我有說不盡的感謝！造物者將我交付給我母親的時候，竟賦予了我以記憶的心才；現在又從忙碌的課程中替我勻出七日夜來，回想母親的愛。我病中光陰，因著這回想，寸寸都是甜蜜的。

小朋友，再談罷，致我的愛與你們的母親！

你的朋友冰心

一九二三年十二月五日晨，聖卜生療養院，威爾斯利

通訊十一

小朋友：

從聖卜生醫院寄你們一封長信之後，又是二十天了。十二月十三之晨，我心酸腸斷，以為從此要嘗些人生失望與悲哀的滋味，誰知卻有這種柳暗花明的美景。但凡有知，能不感謝！

小朋友們知道我不幸病了，我卻沒有想到這病是須休息的，所以當醫生緩緩地告訴我的時候，我幾乎神經錯亂。十三、十四兩夜，淒清的新月，射到我的床上，瘦長的載霜的白楊樹影，參錯滿窗。——我深深地覺出了宇宙間的悽楚與孤立。一年來的計畫，全歸泡影，連我自己一身也不知是何底止。秋風颯然，我的頭垂在胸前。我竟恨了西半球的月，一次是中秋前後兩夜，第二次便是現在了，我竟不知明月能傷人至此！

昏昏沉沉地過了兩日，十五早起，看見遍地是雪，空中猶自飛舞，湖上凝陰，意態清絕。我肅然倚窗無語，對著慰冰純潔的餞筵，竟麻木不知感謝。下午一乘輕車，幾位師長帶著心灰意懶的我，雪中馳過深林，上了青山（The Blue

Hills），到了沙穰療養院。

如今窗外不是湖了，是四圍山色之中，叢密的松林，將這座樓圈將起來。清絕靜絕，除了一天幾次火車來往，一道很濃的白煙從兩重山色中串過，隱隱地聽見輪聲之外，輕易沒有什麼聲息。單弱的我，拼著頹然地在此住下了！

一天一天地過去覺得生活很特別。十二歲以前半玩半讀的時候不算外，這總是第一次拋棄一切，完全來與「自然」相對。以讀書，凝想，賞明月，看朝霞為日課。有時夜半醒來，萬籟俱寂，皓月中天，悠然四顧，覺得心中一片空靈。我縱欲修心養性，哪得此半年空閒，幕天席地的日子，百忙中為我求安息，造物者！我對你安能不感謝？

日夜在空曠之中，我的注意就有了更動。早晨朝霞是否相同？夜中星辰曾否轉移了位置？都成了我關心的事。在月亮左側不遠，一顆很光明的星，是每夜最使我注意的。自此稍右，三星一串，閃閃照人，想來不是「牽牛」就是「織女」。此外秋星窈窕，都羅列在我的枕前。就是我閉目寧睡之中，它們仍明明在上臨照我，無聲地環立，直到天明，將我交付與了朝霞，才又無聲地歷落隱入天光雲影之中。

說到朝霞，我要擱筆，只能有無言的讚美。我所能說的就是朝霞顏色的變換，和晚霞恰恰相反。晚霞的顏色是自淡而濃，自金紅而碧紫。朝霞的顏色是自濃而深，自青紫而深紅，然後一輪朝日，從松嶺捧將上來，大地上一切都從夢中醒覺。

便是不晴明的天氣，夜臥聽簷上夜雨，也是心寧氣靜。頭兩夜聽雨的時候，憶起什麼「……第一是難聽夜雨！天涯倦旅，此時心事良苦……」「灑空階更闌未休……似楚江暝宿，風燈零亂，少年羈旅……」「……可惜流年，憂愁風雨，樹猶如此……」「……細雨夢回雞塞遠，小樓吹徹玉笙寒……」等句，心中很惆悵的，現在已好些了。小朋友！我筆不停揮，無意中寫下這些詞句。你們未必看過，也未必懂得，然而你們盡可不必研究。這些話，都在人情之中，你們長大時，自己都會寫的，特意去看，反倒無益。

山中雖不大記得日月，而聖誕的觀念，卻充滿在同院二十二個女孩的心中。二十四夜在樓前雪地中間的一棵松樹上，結些燈彩，樹巔一顆大星星，樹下更掛著許多小的。那夜我照常臥在廊下，只有十二點鐘光景，忽然柔婉的聖誕歌聲，沉沉地將我從濃睡中引將出來。開眼一看，天上是月，地下是雪，中間一顆大燈星，和一個猛醒的人。這一切完全了一個透徹晶瑩的世界！想起一千九百二十三年前，一個純潔的嬰孩，今夜出世，似他的完全的愛，似他的完全的犧牲，這個徹底光明柔潔的夜，原只是為他而有的。我側耳靜聽憶起舊作〈天嬰〉中兩節：

馬槽裡可能睡眠？
凝注天空——
這清亮的歌聲，
珍重的詔語，
催他思索，
想只有淚珠盈眼，
熱血盈腔。
奔赴著十字架，
奔赴著荊棘冠，
想一生何曾安頓？
繁星在天，
夜色深深，

開始地負上罪擔千鈞！

此時心定如冰，神清若水，默然肅然，直至歌聲漸遠，隱隱地只餘山下孩童奔逐歡笑祝賀之聲，我漸漸又入夢中。夢見冰仲肩著四弦琴，似愁似喜地站在我面前拉著最熟的調子是「我如何能離開你？」一聲細如絲，如不勝清怨，我淒惋而醒。天幕沉沉，正是聖誕日！

朝陽出來的時候，四圍山中松梢的雪，都映出粉霞的顏色。一身似乎擁在紅雲之中，幾疑自己已經仙去。正在凝神，看護婦已出來將我的床從廊上慢慢推到屋裡，微笑著道了「聖誕大喜」，便捧進幾十個紅絲纏繞、白紙包裹的禮物來，堆在我的床上。一包一包地打開，五光十色的玩具和書，足足地開了半點鐘。我喜極了，一剎那頃童心來復，忽然想要跑到母親床前去，搖醒她，請她過目。猛覺一身在萬里外！……只無聊地隨便拿起一本書來，顛倒地，心不在焉地看。

這座樓素來沒有火，冷清清的如同北冰洋一般。難得今天開了一天的汽管，也許人坐在屋裡，覺得適意一點。果點和玩具和書，都堆疊在桌上，而弟弟們以及小朋友們卻不能和我同樂。一室寂然，窗外微陰，雪滿山中。想到如這回不病，此時正在紐約或華盛頓，塵途熱鬧之中，未必能有這般的清福可享，又從失意轉成喜悅。

晚上院中也有一個慶賀的會，在三層樓下。那邊露天學校的小孩子們也都來了，約有二十個。——那些孩子都是居此治療的，那學校也是為他們開的。我還未曾下樓，不得多認識他們。想再有幾天，許我遊山的時候，一定去看他們上課遊散的光景，再告訴你們些西半球帶病行樂的小朋友們的消息——廳中一棵裝點得極其輝煌的聖誕樹，上面繫著許多的禮物。醫生一包一包地帶下去，上面注有各人的名字，附著滑稽詩一首，是互相取笑的句子，那禮物也是極小卻極有趣味的東西。我得了一支五彩漆管的鉛筆，一端有個橡皮帽子，那首詩是：

親愛的，你天天在床上寫字，寫字，
必有一日犯了醫院的規矩，
墨水沾汙了床單。
給你這一支鉛筆，還有橡皮，
好好地用罷，

可愛的孩子！

醫生看護以及病人，把那廳坐滿了。集合八國的人，老的少的，唱著同調的曲，也倒燈火輝煌，歌聲嘹亮地過了一個完全的耶誕節。

二十六夜大家都覺乏倦了，鴉雀無聲地都早去安息。雪地上那一顆燈星，卻仍是明明遠射。我關上了屋裡的燈，倚窗而立，燈光入戶，如同月光一般。憶起昨夜那些小孩子，接過禮物攢三集五，聚精凝神，一層層打開包裹的光景，正在出神。外間敲門，進來了一個希臘女孩子，她從沉黑中笑道，「好一個詩人呵！我不見燈光，以為你不在屋裡呢！」我悄然一笑，才覺得自己是在山間萬靜之中。

自那時又起了鄉愁——恕我不寫了。此信到日，正是故國的新年，祝你們快樂平安！

冰心

一九二三年十二月二十六日，沙穰療養院

通訊十二

小朋友：

滿廊的雪光，開讀了母親的來信，依然不能忍地流下幾滴淚。——四圍山上的層層的松枝，載著白絨般的很厚的雪，沉沉下垂。不時地掉下一兩片手掌大的雪塊，無聲地堆在雪地上。小松呵！你受造物的滋潤是過重了！我這過分的被愛的心，又將何處去交卸！

小朋友，可怪我告訴過你們許多事，竟不曾將我的母親介紹給你。她是這麼一個母親：她的話句句使做兒女的人動心，她的字，一點一劃都使做兒女的人下淚！

我每次得她的信，都不曾預想到有什麼感觸的，而往往讀到中間，至少有一兩句使我心酸淚落。這樣深濃，這般誠摯，開天闢地的愛情呵！願普天下一切有知，都來頌讚！

以下節錄母親信內的話，小朋友，試當她是你自己的母親，你和她相離萬里，你讀的時候，你心中覺得怎樣？

我讀你〈寄母親〉的一首詩，我忍不住下淚，此後你多來信，我就安慰多了！

十月十八日

我心靈是和你相連的。不論在做什麼事情，心中總是想起你來……

十月二十七日

我們是相依為命的。不論你在什麼地方，做什麼事情，你母親的心魂，總繞在你的身旁，保護你撫抱你，使你安安穩穩一天一天地過去。

十一月九日

我每遇晚飯的時候，一出去看見你屋中電燈未息，就彷彿你在屋裡，未來吃飯似的，就想叫你，猛憶你不在家，我就很難過！

十一月二十二日

你的來信和相片，我差不多一天看了好幾次，讀了好幾回。到夜中睡覺的時候，自然是夢魂飛越在你的身旁，你想做母親的人，哪個不思念她的孩子？……

十一月二十六日

經過了幾次的酸楚我忽發悲願，願世界上自始至終就沒有我，永滅母親的思念。一轉念縱使沒有我，她還可有別的女孩子做她的女兒，她仍是一般的牽掛，不如世界上自始至終就沒有母親。——然而世界上古往今來百千萬億的母親，又當如何？且我的母親已經徹底地告訴我：「做母親的人，哪個不思念她的孩子！」

為此我透澈地覺悟，我死心塌地地肯定了我們居住的世界是極樂的。「母親的愛」打千百轉身，在世上幻出人和人，人和萬物種種一切的互助和同情。這如火如荼的愛力，使這疲緩的人世，一步一步地移向光明！感謝上帝！經過了別離，我反復思尋印證，心潮幾番動盪起落，自我和我的母親，她的母親，以及他的母親接觸之間，我深深地證實了我年來的信仰，絕不是無意識的！

真的，小朋友！別離之前，我不曾懂得母親的愛動人至此，使人一心一念，永住神魂奔赴……我不須多說，小朋友知道得比我更徹底，我只願這一心一念，永住永存，盡我在世的光陰，來謳歌頌揚這神聖無邊的愛！聖保羅在他的書信裡說過一句石破天驚的話，是：「我為這福音的奧祕，做了帶鎖鏈的使者。」一個使者，卻是帶著奧妙的愛的鎖鏈的！小朋友，請你們監察我，催我自強不息地來奔赴這理想的最高的人格！

這封信不是專為介紹我母親的自身，我要提醒的是「母親」這兩個字。誰無父母，誰非人子？母親的愛，都是一般；而你們天真中的經驗，卻千百倍地清晰濃摯於我！母親的愛，竟不能使我在人前有絲毫的得意和驕傲，因為普天下沒有一個沒有母親的孩子。小朋友，誰道上天生人有厚薄？無貧富，無貴賤，造物者都預備一個母親來愛他。又試問鴻蒙初辟時，又哪裡有貧富貴賤，這些人造的制度階級？遂令當時人類在母親的愛光之下，個個自由，個個平等！

你們有這個經驗麼？我往往有愛世上其他物事勝過母親的時候。為著兄弟朋友，為著花鳥蟲魚，甚至於為著一本書一件衣服，和母親違拗爭執。當時只弄嬌癡，就是母親，也未曾介意。如今病榻上寸寸回想，使我有無限的驚悔。小朋友！為著我，你們自此留心，只有母親是真愛你的。她的勸誡，句句有天大的理由。花鳥蟲魚的愛是暫時的，母親的愛是永遠的！

時至今日，我偶然覺悟到，因著母親，使我承認了世間一切其他的愛，又冷淡了世間一切其他的愛。

青山雪霽，意態十分清冷。廊上無人，只不時地從樓下飛到一兩聲笑語，真是幽靜極了。造物者的意旨，何等的深沉呵！把我從歲暮的塵囂之中，提將出來，叫我在深山萬靜之中，來輾轉思索。

說到我的病，本不是什麼大症候，也就無所謂痊癒，現在只要慢慢地休息著。只是逃了幾個月的學，其中也有幸有不幸。

這是一九二三年的末一日，小朋友，我祝你們的進步。

冰心

一九二三年十二月三十一日，青山沙穰

注：以上四篇最初發表於《晨報•兒童世界》一九二四年報一—二，後收入《寄小讀者》。

通訊十三

親愛的母親：

這封信母親看到時，不知是何情緒。——曾記得母親有一個女兒，在母親身畔二十年，曾招母親歡笑，也曾惹母親煩惱。六個月前，她竟橫海去了。她又病了，在沙穰休息著。這封信便是她寫的。

如今她自己寂然地在燈下，聽見樓下悠揚淒婉的音樂，和闌旁許多女孩子的笑聲，她只不出去。她剛復了幾封國內朋友的信，她忽然心緒潮湧，是她到沙穰以來，第一次的驚心。人家問她功課如何？耶誕節曾到華盛頓紐約否？她不知所答。光陰從她眼前飛過，她一事無成，自己病著玩。

她如結的心，不知交給誰慰安好。——她倦弱的腕，在碎紙上縱橫寫了無數的「算未抵人間離別！」一直到寫了滿紙，她自己才猛然驚覺，也不知這句從何而來！

母親呵！我不應如此說，我生命中只有「花」，和「光」，和「愛」，我生命中只有祝福，沒有咒詛。但些時的悵惘，也該覺著罷！些時的悲哀而平靜的思潮，永在祝福中度生活的我，已支持不住。看！小舟在怒濤中顛簸，失措的舟子，抱著檣竿，哀喚著「天妃」的慈號。我的心舟在起落萬丈的思潮中震盪時，母親！縱使你在萬里外，寫到「母親」兩個字在紙上時，我無主的心，已有了著落。

一月十日夜

昨夜寫到此處，看護進來催我去睡。當時雖有無限的哀怨，而一面未嘗不深幸有她來阻止我，否則盡著我往下寫，不寧的思潮之中，不知要創造出怎樣感傷的話來！

母親！今日沙穰大風雨，天地為白，草木低頭。晨五時我已覺得早霞不是一種明媚的顏色，慘綠怪紅，淒厲得可怖！只有八時光景，風雨漫天而來，大家從廊上紛紛走進自己屋裡，拼命地推著關上門窗。白茫茫裡，群山都看不見了。急雨打進窗紗，直擊著玻璃，從窗隙中濺進來。狂風循著屋脊流下，將水洞中積雨，吹得噴泉一般地飛灑。我的煩悶，都被這驚人的風雨，吹打散了。單調的生活之中，原應有個大破壞。——我又忽然想到此時如在約克遜舟上，太平洋裡定有奇景可觀。

我們的生活是太單調了，只天天隨著鐘聲起臥休息。白日的生涯，還不如夢中熱鬧。松樹的綠意總不改，四圍山景就沒有變遷了。我忽然恨松柏為何要冬青，否則到底也有個紅白綠黃的更換點綴。

為著止水般無聊的生活，我更想弟弟們了！這裡的女孩子，只低頭刺繡。靜極的時候，連針穿過布帛的聲音都可以聽見。我有時也繡著玩，但不以此為日課；我看點書，寫點字，或是倚闌看村裡的小孩子，在遠處林外溜冰，或推小雪車。有一天靜極忽發奇想，想買幾掛大炮仗來放放，震一震這寂寂的深山，叫它發空前的迴響。這裡，做夢也看不見炮仗。我總想得個發響的東西玩玩。我每每幻想有一管小手槍在手裡，安上子彈，抬起槍來，一扳，砰的一聲，從鐵窗紗內穿將出去！要不然小汽槍也好……但這至終都是潛伏在我心中的幻夢。世界不是我一個人的，我不能任意地破壞沙穰一角的柔靜與和平。

母親！我童心已完全來復了。在這裡最適意的，就是靜悄悄地過個性的生活。人們不能隨便來看，一定的時間和風雪的長途都限制了他們。於是我連一天兩小時的無謂的周旋，有時都不必作。自己在門窗洞開、陽光滿照的屋子裡，或一角回廊上，三歲的孩子似的，一邊忙忙地玩，一邊嗚嗚地唱，有時對自己說些極癡的話。休息時間內，偶然睡不著，就自己輕輕地為自己唱催眠的歌。——一切都完全了，只沒有母親在我旁邊！

一切思想，也都照著極小的孩子的徑路奔放發展：每天臥在床上，看護把我從屋裡推出廊外的時候，我仰視著她，心裡就當她是我的乳母，這床是我的搖籃。我凝望天空。有三顆最明亮的星星。輕淡的雲，隱起一切的星辰的時候，只有這三顆依然吐著光芒。其中的一顆距那兩顆稍遠，我當他是我的大弟弟，因為他稍大些，能夠獨立了。那兩顆緊挨著，是我的二弟弟和小弟弟，他兩個還小一點，雖然自己奔走遊玩，卻時時注意到其他的一個，總不敢遠遠跑開，他們知道自己的弱小，常常是守望相助。

這三顆星總是第一班從暮色中出來，使我最先看見；也是末一班在晨曦中隱去，在眾星之後，和我道聲「暫別」；因此發起了我的愛憐繫戀，便白天也能憶起他們來。起先我有意在星辰的書上，尋求出他們的名字，時至今日，我不想尋求了，我已替他們起了名字，他們的總名是「兄弟星」，他們各顆的名字，就是我的三個弟弟的名字。

小弟弟呵，
我靈魂裡三顆光明喜樂的星。
溫柔的，
　無可言說的，
　靈魂深處的孩子呵！
　　——《繁星》四

如今重憶起來，不知是說弟弟，還是說星星！——自此推想下去，靜美的月亮，自然是母親了。我半夜醒來，開眼看見她，高高地在天上，如同俯著看我，我就欣慰，我又安穩地在她的愛光中睡去。早晨勇敢的燦爛的太陽，自然是父親了。他從對山的樹梢，雍容爾雅地上來，他又溫和又嚴肅地對我說：「又是一天了！」我就歡歡喜喜地坐起來，披衣從廊上走到屋裡去。

此外滿天的星宿，那是我的一切親愛的人。這樣便同時愛了星星，也愛了許多姊妹朋友。——只有小孩子的思想是智慧的，我願永遠如此想；我也願永遠如此信！

窗外仍是狂風雨，我偶然憶起一首詩：題目是〈小神祕家〉（The Young Mystic），是Louis Untermeyer做的，我錄譯於下；不知當年母親和我坐守風雨的時候，我也曾說過這樣如癡如慧的話沒有？

We sat together close and warm,
My little tired boy and I——
Watching across the evening sky
The coming of the storm.

No rumblings rose, no thunders crashed,
The west-wind scarcely sang aloud;
But from a huge and solid cloud
The summer lightnings flashed.

And then he whispered "Father, watch;

I think God's going to light His moon—"
"And when, my boy" … "Oh, very soon.
I saw Him strike a match!"

大意是：

我的困倦的兒子和我，
很暖和地相挨地坐著，
凝望著薄暮天空，
風雨正要來到。

沒有隆隆的雷響，
西風也不著意地吹；
只在屯積的濃雲中
有電光閃爍。

這時他低聲對我說：「父親，看看；我想上帝要點上他的月亮了——」「孩子，什麼時候呢……」「呀，快了：我看見他劃了取燈兒！」

風雨仍不止。山上的雪，雨打風吹，完全融化了。下午我還要寫點別的文字，我在此停住了。母親，這封信我想也轉給小朋友們看一看，我每憶起他們，就覺得欠他們的債。途中通訊的碎稿，都在閉壁樓的空屋裡鎖著呢。她們正百計防止我寫字，我不敢去向她們要。我素不輕許願，無端破了一回例，遺我以日夜耿耿的心；然而為著小孩子，對於這次的許願，我不曾有半星兒的追悔。只恨先忙後病的我對不起他們。——無限的鄉心，與此信一齊收束起，母親，真個不寫了，海外山上養病的女兒，祝你萬萬福！

冰心

一九二四年一月十一日，青山沙穰

通訊十四

我的小朋友：

黃昏睡起，閒走著繞到西邊回廊上，看一個病的女孩子。站在她床前說著話兒的時候，抬頭看見松梢上一星朗耀，她說：「這是你今晚第一顆見到的星兒，對它祝說你的願望罷！」——同時她低低地度著一支小曲，是：

Star light, star bright,
First star I see tonight,
I wish I may, I wish I might,
Have this wish I wish tonight.

小朋友：這是一支極柔媚的兒歌。我不想翻譯出來。因為童謠完全以音韻見長，一翻成中國字，念出來就不好聽，大意也就是她對我說的那兩句話。——倘若你們自己能念，或是姊姊哥哥，姑姑母親，能教給你們念，也就更好。——她說到此，我略不思索，我合掌向天說：「我願萬里外的母親，不太為平安快樂的我憂慮！」

扣計今天或明天，就是我母親接到我報告抱病入山的信之日，不知大家如何商量談論，長吁短嘆；豈知無知無愁的我，正在此過起止水浮雲的生活來了呢！

去年十二月十九日，我寄給國內朋友一封信，我說：「沙穰療養院，冷冰冰如同雪洞一般。我又整天地必須在朔風裡。你們圍爐的人，怎知我正在冰天雪地中，與造化搏命！」如今想起，又覺得那話說得太無謂，太怨望了，未曾聽見搏命有如今這般溫柔的搏法！

生，老，病，死，是人生很重大而又不能避免的事。無論怎樣高貴偉大的人，對此切己的事，也絲毫不能為力。這時節只能將自己當作第三者，旁立靜聽著造化的安排。小朋友，我凝神看著造化輕舒慧腕，來安排我的命運的時候，我忍不住失聲讚嘆他深思和玄妙。

往常一日幾次匆匆走過慰冰湖，一邊看晚霞，一邊心裡想著功課。偷閒划舟，抬頭望一望灩灩的湖波，低頭看滴答滴答消磨時間的手表，心靈中真是太苦了，然而萬沒有整天地放下正事來賞玩自然的道理。造物者明明在上，看出了我的隱情，眉頭一皺，輕輕地賜與我一場病，這病乃是專以拋撇一切，游泛於自然海中為治療的。

如今呢？過的是花的生活，生長於光天化日之下，微風細雨之中；過的是鳥的生活，遊息於山巔水涯，寄身於上下左右空氣環圍的巢床裡；過的是水的生活，自在地潺潺流走；過的是雲的生活，隨意地孄孄卷舒。幾十頁幾百頁絕妙的詩和詩話，拿起來流水般當功課讀的時候，是沒有的了。如今不再幹那愚拙煞風景的事，如今便四行六行的小詩，也慢慢地拿起，反復吟誦，默然深思。

我愛聽碎雪和微雨，我愛看明月和星辰，從前一切世俗的煩憂，占積了我的靈府。偶然一舉目，偶然一傾耳，便忙忙又收回心來，沒有一次任它奔放過。如今呢，我的心，我不知怎樣形容它，它如蛾出繭，如鷹翔空……

碎雪和微雨在簷上，明月和星辰在闌旁，不看也得看，不聽也得聽，何況病中的我，應以它們為第二生命。病前的我，願以它們為第二生命而不能的呢？

這故事的美妙，還不止——「一天還應在山上走幾里路」，這句話從滑稽式的醫士口中道出的時候，我不知應如何地歡呼讚美他！小朋友！漫遊的生涯，從今開始了！

山後是森林仄徑，曲曲折折地在日影掩映中引去，不知有多少遠近。我只走到一端，有大岩石處為止。登在上面眺望，我看見滿山高高下下的松樹。每當我要縹緲深思的時候，我就走這一條路。獨自低首行來，我聽見幹葉枯枝，嘁嘁喳喳在樹巔相語。草上的薄冰，踏著沙沙有聲，這時節，林影沉蔭中，我凝然黯然，如有所感。

山前是一層層的大山地，爽闊空曠，無邊無限的滿地朝陽。層場的盡處，就是一個大冰湖，環以小山高樹，是此間小朋友們溜冰處。我最喜在湖上如飛地走過。每逢我要活潑天機的時候，我就走這一條路。我沐著微暖的陽光，在樹根下坐地，舉目望著無際的耀眼生花的銀海。我想天地何其大，人類何其小。當歸途中冰湖在我足下溜走的時候，清風過耳，我欣然超然，如有所得。

三年前的夏日在北京西山，曾寫了一段小文字，我不十分記得了，大約是：

只有早晨的深谷中

可以和自然對語。

計畫定了

岩石點頭
草花歡笑。
造物者！
在我們星馳的前途
路站上
再遙遙的安置下
幾個早晨的深谷！

原來，造物者為我安置下的幾個早晨的深谷，卻在離北京數萬里外的沙穰，我何其「無心」，造物者何其「有意」？——我還憶起，有「空谷足音」，和杜甫的「絕代有佳人，幽居在空谷」的一首詩，小朋友讀過麼？我翻來覆去地背誦，只憶得「絕代有佳人，幽居在空谷；自云良家子，零落依草木……摘花不插發，采柏動盈掬——天寒翠袖薄，日暮倚修竹」這八句來。黃昏時又去了。那時想起的，有「前不見古人，後不見來者，念天地之悠悠，獨愴然而涕下」。歸途中又誦「雲無心以出岫，鳥倦飛而知還。景翳翳以將入，撫孤松而盤桓」。小朋友，願你們用心讀古人書，他們常在一定的環境中，說出你心中要說的話！

春天已在雲中微笑，將臨到了。那時我更有溫柔的消息，報告你們。我逐日遠走開去，漸漸又發現了幾處斷橋流水。試想看，胸中無一事留滯，日日南北東西，試揭自然的簾幕，躡足走入仙宮……

這樣的病，這樣的人生，小朋友，請為我感謝。我的生命中是只有祝福，沒有咒詛！

安息的時候已到，臥看星辰去了。小朋友，我以無限歡喜的心，祝你們多福。

冰心

一九二四年一月十五日夜，沙穰

廣廳上，四面綠簾低垂。幾個女孩子，在一角窗前長椅上，低低笑語。一角話匣子裡奏著輕婉的提琴。我在當中的方桌上，寫這封信。一個女孩子坐在對面為我畫像，她時時喚我抬頭看她。我聽一聽提琴和人家的笑語，一面心潮緩緩流動，一面時時停筆凝神。寫完時重讀一過，覺得太無次序了，前言不對後語的。然而的確是歡樂的心泉流過的痕跡，不復整理，即付晚郵。

注：以上二篇發表於《晨報・兒童世界》一九二四年二月二十四日、二十九日，後收入《寄小讀者》。

通訊十五

仁慈的小朋友：

若是在你們天大的愛心裡，還有空隙，我願介紹幾個可愛的女孩子，願你們加以憐念！

M住在我的隔屋，是個天真漫爛又是完全神經質的女孩子。稍大的驚和喜，都能使她受極大的激刺和擾亂。她臥病已經四年半了，至今不見十分差減，往往剛覺得好些，夜間熱度就又高起來，看完體溫表，就聽得她伏枕嗚咽。她有個完全美滿的家庭，卻因病隔離了。——我的童心，完全是她引起的。她往往坐在床上自己喃喃地說：「我父親愛我，我母親愛我，我愛……」我就傾耳聽她底下說什麼，她卻是說「我愛自己」。我不覺笑了，她也笑了。她的嬌憨淒苦的樣子，得了許多女伴的愛憐。

R又在M的隔屋，她被一切人所愛，她也愛了一切的人。又非常的技巧，用針用筆，能做許多奇巧好玩的東西。這些日子，正跟著我學中國文字。我第一天教給她「天」「地」「人」三字。她說：「你們中國人太玄妙了，怎麼初學就念這樣高大的字，我們初學，只是『貓』『狗』之類。」我笑了，又覺得她說得有理。她學得極快，口音清楚，寫的字也很方正。此外醫院中天氣表是她測量，星期日禮拜是她彈琴，病人閱看的報紙是她照管，圖書室的鑰匙也在她手裡。她短髮齊頸，愛好天然，她住院已經六個月了。

E只有十八歲，昨天是她的生日。她沒有父母，只有哥哥。十九個月前，她病得很重，送到此處。現在可謂好一點，但還是很瘦弱。她喜歡叫人「媽媽」或「姊姊」。她急切地想望人家的愛念和同情，卻又能隱忍不露，常常在寂寞中竭力地使自己活潑歡悅。然而每次在醫生注射之後，屋門開處，看見她埋首在高枕之中，宛轉流涕這樣的華年！這樣的人生！

D是個愛爾蘭的女孩子，和我談話之間常常問我的家庭狀況，尤其常要提到我的父親，我只是無心地問答。後來旁人告訴我，她的父親縱酒狂放，醉後時時虐待他的兒女。她的家庭生活，非常的淒苦不幸。她因躲避父親，和祖母住在一處，聽到人家談到親愛時，往往流淚。昨天我得到家書，正好她在旁邊，她似羨似嘆地問道：「這是你父親寫的麼，多麼厚的一封信呵！」幸而她不認得中國字，我連忙說：「不是，這是我母親寫的，我父親很忙，不常寫信給我。」她臉紅微笑，又似釋然。其實每次我的家書，都是父母弟弟每人幾張紙！我以為人生最大的不幸，就是失愛於父母。我不能閉目推想，也不敢閉目揣想。可憐的帶病而又心靈負著重傷的孩子！

A住在院後一座小樓上，我先不常看見她。從那一次在餐室內偶然回首，無意中她顧我微微一笑，很長的睫毛之下，流著幽嫻貞靜的眼光，絕不是西方人的態度。出了餐室，我便訪到她的名字和住處。那天晚上，在她的樓裡，談了半點鐘的話，驚心於她的靦腆與溫柔；談到海景，她竟贈我一張燈塔的圖畫。她來院已將兩年，據別人說沒有什麼起色。她終日臥在一角小廊上，廊前是曲徑深林，廊後是小橋流水。她告訴我每遇狂風暴雨，看著淒清的環境，想到「人生」兩字，輒驚動不怡。我安慰她，她也感謝，然而彼此各有淚痕！

痛苦的人，豈止這幾個？限於精神，我不能多述了！

今早黎明即醒。曉星微光，萬松淡霧之中，我披衣起坐。舉眼望到廊的盡處，我凝注著短床相接，雪白的枕上，夢中轉側的女孩子。只覺得奇愁黯黯，橫空而來。生命中何必有愛，愛正是為這些人而有！這些痛苦的心靈，需要無限的同情與憐念。我一人究竟太微小了，仰禱上天之外，只能求助於萬里外的純潔偉大的小朋友！

小朋友！為著跟你們通訊，受了許多友人嚴峻的責問，責我不宜只以悱惻的思想，貢獻你們。小朋友不宜多看這種文字，我也不宜多寫這種文字。為小朋友和我兩方精神上的快樂與安平，我對於他們的忠告，只有慚愧感謝。然而人生不止歡樂滑稽一方面，病患與別離，只是帶著酸汁的快樂之果。沉靜的悲哀裡，含有無限的莊嚴。偉大的人生中，是需要這種成分的。范仲淹說：「先天下之憂而憂。」佛說：「我不入地獄，誰入地獄？」何況這一切本是組成人生的元素，耳聞眼見，身經，早晚都要了解知道的，何必要隱瞞著可愛的小朋友？我偶然這半年來先經歷了這些事，和小朋友說說，想來也不是過分的不宜。

我比她們強多了，我有快樂美滿的家庭，在第一步就沒有摧傷思想的源路。我能自在遊行，尋幽訪勝，不似她們纏綿床褥，終日對著懨懨一角的青山。我橫豎已是一身客寄，在校在山，都是一樣；有人來看，自然歡喜，沒有人來，也沒有特別的失望與悲哀。她們鄉關咫尺，卻因病拋離父母，親愛的人，每每因天風雨雪，山路難行，不能相見，於是怨嗟悲嘆。整年整月，置身於怨望痛苦之中，這樣的人生！

一而二，二而三地推想下去，世界上的幼弱病苦，又豈止沙穰一隅？小朋友，你們看見的，也許比我還多，扶持慰藉，是誰的責任？見此而不動心呵！空負了上天付與我們的一腔熱烈的愛！

所以，小朋友，我們所能做到的，一朵鮮花，一張畫片，一句溫和的慰語，一回殷勤的訪問，甚至於一瞥哀憐的眼光，在我們是不覺得用了多少心，而在單調的枯苦生活，度日如年的病者，已是受了如天之賜。訪問已過，花朵已殘，在我們久已忘卻之後，他們在幽閒的病榻上，還有無限的感謝，回憶與低徊！

我無庸多說，我病中曾受過幾個小朋友的贈與。在你們完全而濃烈的愛心中，投書饋送，都能錦上添花，做到好處。小朋友，我無有言說，我只合掌讚美你們的純潔與偉大。

如今我請你們紀念的這些人，雖然都在海外，但你們憶起這許多苦孩子時，或能以意會意，以心會心地體恤到眼前的病者。小朋友，莫道萬里外的憐憫牽縈，沒有用處，「以偉大思想養汝精神」！日後幫助你們建立大事業的同情心，便是從這零碎的憐念中練達出來的。

風雪的廊上，寫這封信，不但手冷，到此心思也凍凝了。無端拆閱了波士頓中國朋友的一封書，又使我生無窮的感慨。她提醒了我！今日何日，正是故國的歲除，紅燈綠酒之間，不知有多少盈盈的笑語。這裡卻只有寂寂風雪的空山……不寫了，你們的熱情忠實的朋友，在此遙祝你們有個完全歡慶的新年！

冰心

一九二四年二月四日，沙穰

通訊十六

二弟冰叔：

接到你兩封冗長而懇摯的信，使我受了無限的安慰。是的！「從松樹隙間穿過的陽光，就是你弟弟問安的使者；晚上清涼的風，就是骨肉手足的慰語！」好弟弟！我喜愛而又感激你的滿含著詩意的慰安的話！

出乎意外地又收到你贈我的歷代名人詞選，我喜歡到不可言說。父親說恐怕我已有了，我原有一部古今詞選，放在閉璧樓的書架上了。可恨我一寫信要中國書，她們便有百般的阻攔推託。好像凡是中國書都是充滿著艱深的哲理，一看就費人無限的腦力似的。

不忍十分地違反她們的好意，我終於反復地只看些從病院中帶來的短詩了。我昨夜收到詞選，珍重地一頁一頁地看著，一面想，難得我有個知心的小弟弟。這部詞，選得似乎稍偏於纖巧方面，錯字也時時發現。但大體說起來，總算很好。

你問我去國前後，環境中詩意哪處更足？我無疑地要說，「自然是去國後！」在北京城裡，不能晨夕與湖山相對，這是第一條件。再一事，就是客中的心情，似乎更容易融會詩句。

離開黃浦江岸，在太平洋舟中，青天碧海，獨往獨來之間，我常常憶起「海水直下萬里深，誰人不言此離苦」兩句。因為我無意中看到同舟眾人，當倚闌俯視著船頭飛濺的浪花的時候，眉宇間似乎都含著輕微的淒惻的意緒。

到了威爾斯利，慰冰湖更是我的唯一的良友。或是水邊，或是水上，沒有一天不到的。母親壽辰的前一日，又到湖上去了，臨水起了鄉思，忽然憶起左輔的「浪淘沙」詞：

> 水軟櫓聲柔，草綠芳洲，碧桃幾樹隱紅樓；者是春山魂一片，招入孤舟。鄉夢不曾休，惹甚閒愁？忠州過了又涪州。擲與巴江流到海，切莫回頭！

覺得情景悉合，隨手拾起一片湖石，用小刀刻上：「鄉夢不曾休，惹甚閒愁？」兩句，遠遠地拋入湖心裡，自己便頭也不回地走轉來。這片小石，自那日起，我信它永在湖心，直到天地的盡頭。只要湖水不枯，湖石不爛，我的一片寄託此中的鄉心，也永古不能磨滅的！

美國人家，除城市外，往往依山傍水，小巧精緻，窗外籬旁，雜種著花草，真合「是處人家，綠深門戶」詞意。只是沒有圍牆，空闊有餘，深邃不足。路上行人，隔窗可望見翠袖紅妝，可聽見琴聲笑語。詞中之「斜陽卻照深深院」「庭院深深深幾許」「不卷珠簾，人在深深處」「牆內秋千牆外道」「銀漢是紅牆，一帶遙相隔」等句，在此都用不著了！

田野間林深樹密，道路也依著山地的高下，曲折蜿蜒地修來，天趣盎然。想春來野花遍地之時，必是更幽美的。只是逾山越嶺的遊行，再也看不見一帶城牆僧寺。「曲徑通幽處，禪房草木深」「花宮仙梵遠微微，月隱高城鐘漏稀」「一片孤城萬仞山」「飲將悶酒城頭睡」「長煙落日孤城閉」「簾卷疏星庭戶悄，隱隱嚴城鐘鼓」等句，在此又都用不著了！

總之，在此處處是「新大陸」的意味，遍地看出鴻蒙初辟的痕跡。國內一片蒼古莊嚴，雖然有的只是頹廢剝落的城垣宮殿，卻都令人起一種「仰首欲攀低首拜」之思，可愛可敬的五千年的故國呵！

回憶去夏南下，晨過蘇州，火車與城牆並行數里。城裡濕煙濛濛，護城河裡繫著小舟，層塔露出城頭，竟是一幅圖畫。那時我已想到出了國門，此景便不能再見了！

說到山中的生活，除了看書遊山，與女伴談笑之外，竟沒有別的日課。我家靈運公的詩，如「寢瘵謝人徒，絕跡入雲峰，岩壑寓耳目，歡愛隔音容」以及「昔余遊京華，未嘗廢丘壑，矧乃歸山川，心跡雙寂寞……臥疾豐暇豫，翰墨時間作，懷抱觀古今，寢食展戲謔……萬事難並歡，達生幸可托」等句，竟將我的生活描寫盡了，我自己更不須多說！

又猛憶起杜甫的「思家步月清宵立，憶弟看雲白日眠」和蘇東坡的「因病得閒殊不惡，安心是藥更無方」，對我此時生活而言，真是一字不可移易！青山滿山是松，滿地是雪，月下景物清幽到不可描畫，晚餐後往往至樓前小立，寒光中自不免小起鄉愁。又每日午後三時至五時是休息時間，白天裡如何睡得著？自然只臥看天上雲起，尤往往在此時復看家書，聯帶地憶到諸弟。冰仲怕我病中不能多寫通訊，豈知我病中較閒，心境亦較清，寫得倒比平時多。又我自病後，未曾用一點藥餌，真是「安心是藥更無方」了。

多看古人句子，令自己少寫好些。一面欣與古人契合，一面又有「恨不踴身千載上，趁古人未說吾先說」之嘆。說得已多了，都是你一部詞選，引我掉了半天書袋，是誰之過呢？一笑！

青山真有美極的時候。二月七日，正是五天風雪之後，萬株樹上，都結上一層冰殼。早起極光明的朝陽從東方捧出，照得這些冰樹玉枝，寒光激射。下樓微步雪林中曲折行來，偶然回顧，一身自冰玉叢中穿過。小樓一角，隱隱看見我的簾幕。雖然一般的高處不勝寒，而此瓊樓玉宇，竟在人間，而非天上。

九日晨同女伴乘雪橇出遊。雙馬飛馳，繞遍青山上下。一路林深處，冰枝拂衣，脆折有聲。白雪壓地，不見寸土，竟是潔無纖塵的世界。最美的是冰珠串結在野櫻桃枝上，紅白相間，晶瑩向日，覺得人間珍寶，無此璀璨！

途中女伴遙指一髮青山，在天末起伏。我忽然想真個離家遠了，連青山一髮，也不是中原了。此時忽覺悠然意遠。弟弟！我平日總想以「真」為寫作的唯一條件，然而算起來，不但是去國以前的文字不「真」，就是去國以後的文字，也沒有盡「真」的能事。

我深確地信不論是人情，是物景，到了「盡頭」處，是萬萬說不出來，寫不出來的。縱然幾番提筆，幾番欲說，而語言文字之間，只是搜尋不出配得上形容這些情緒景物的字眼，結果只是擱筆，只是無言。十分不甘泯沒了這些情景時，只能隨意描摹幾個字，稍留些印象。甚至於不妨如古人之結繩記事一般，胡亂畫幾條墨線在紙上。只要他日再看到這些墨蹟時，能在模糊縹緲的意境之中，重現了一番往事，已經是滿足有餘的了。

去國以前，文字多於情緒。去國以後，情緒多於文字。環境雖常是清麗可寫，而我往往寫不出。辛幼安的一支「羅敷媚」說：

少年不識愁滋味，愛上層樓，愛上層樓，為賦新詞強說愁。而今識盡愁滋味，欲說還休，欲說還休，卻道天涼好個秋。

真看得我寂然心死。他雖只說「愁」字，然已蓋盡了其他種種一切！真不知文字情緒不能互相表現的苦處，受者只有我一個人，或是人人都如此？

北京諺語說：「八月十五雲遮月，正月十五雪打燈。」去年中秋，此地不曾有月。陰曆十四夜，月光燦然。我正想東方諺語，不能適用於西方天象，誰知元宵夜果然雨雪霏霏。十八夜以後，夜夜夢醒見月。只覺空明的枕上，夢與月相續。最好是近兩夜，醒時將近黎明，天色碧藍，一弦金色的月，不遠對著弦月凹處，懸著一顆大星。萬里無雲的天上，只有一星一月，光景真是奇麗。

元夜如何？聽說醉司命夜，家宴席上，母親想我難過，你們幾個兄弟倒會一人一句地笑話慰藉，真是燈草也成了拄杖了！喜笑之餘，並此感謝。

紙已盡，不多談。此信我以為不妨轉小朋友一閱。

冰心

一九二四年三月一日，青山沙穰

注：以上二篇最初發表於《晨報・兒童世界》一九二四年三月九日、四月二日，後收入《寄小讀者》。

通訊十七

小朋友：

健康來復的路上，不幸多歧，這幾十天來懶得很；雨後偶然看見幾朵濃黃的蒲公英，在勻整的草坡上閃爍，不禁又憶起一件事。

一月十九晨，是雪後濃陰的天。我早起遊山，忽然在積雪中，看見了七八朵大開的蒲公英。我俯身摘下握在手裡，真不知這平凡的草卉，竟與梅菊一樣的耐寒。我回到樓上，用條黃絲帶將這幾朵綴將起來，編成王冠的形式。人家問我做什麼，我說：「我要為我的女王加冕。」說著就隨便地給一個女孩子戴上了。

大家歡笑聲中，我只無言地臥在床上——我不是為女王加冕，竟是為蒲公英加冕了。蒲公英雖是我最熟識的一種草花，但從來是被人輕忽，從來是不上美人頭的。今日因著情不可卻，我竟讓她在美人頭上，照耀了幾點鐘。

蒲公英是黃色，疊瓣的花，很帶著菊花的神意，但我也不曾偏愛她。我對於花卉是普遍的愛憐。雖有時不免喜歡玫瑰的濃郁，和桂花的清遠，而在我憂來無方的時候，玫瑰和桂花也一樣地成糞土。在我心情怡悅的一　那頃，高貴清華的菊花，也不能和我手中的蒲公英來占奪位置。

世上的一切事物，只是百千萬面大大小小的鏡子，重疊對照，反射又反射；於是世上有了這許多璀璨輝煌、虹影般的光彩。沒有蒲公英，顯不出雛菊，沒有平凡，顯不出超絕。而且不能因為大家都愛雛菊，世上便消滅了蒲公英；不能因為大家都敬禮超人，世上便消滅了庸碌。即使這一切都能因著世人的愛憎而生滅，只恐到了滿山谷都是菊花和超人的時候，菊花的價值，反不如蒲公英，超人的價值，反不及庸碌了。

所以世上一物有一物的長處，一人有一人的價值。我不能偏愛，也不肯偏憎。悟到萬物相襯托的理，我只願我心如水，處處相平。我願菊花在我眼中，消失了她的富麗堂皇，蒲公英也解除了她的局促羞澀，博愛的極端，翻成淡漠。但這種普遍淡漠的心，除了博愛的小朋友，有誰知道？

書到此，高天蕭然，樓上風緊得很，再談了，我的小朋友！

冰心

一九二四年五月九日，沙穰療養院

注：本篇最初發表於一九二四年六月十日《晨報・兒童世界》，後收入《寄小讀者》。

通訊十八

小朋友：

久違了，我親愛的小朋友！記得許多日子不曾和你們通訊，這並不是我的本心。只因寄回的郵件，偶有遲滯遺失的時候。我覺得病中的我，雖能必寫，而萬里外的你們，不能必看。醫生又勸我儘量休息，我索性就歇了下去。

自和你們通信，我的生涯中非病即忙。如今不得不趁病已去、忙未來之先，寫一封長信給你們，補說從前許多的事。

願意我從去年說起麼？我知道小朋友是不厭聽舊事的。但我也不能說得十分詳細，只能就模糊記憶所及，說個大概，無非要接上這條斷鏈。否則我忽然從神戶飛到威爾斯利來，小朋友一定覺得太突兀了！

一九二三年八月二十日　神戶

二十早晨就同許多人上岸去。遠遠地看見錨山上那個青草栽成的大錨，壓在半山，青得非常的好看。

神戶街市和中國的差不多。兩旁的店鋪，卻比較的矮小。窗戶間陳列的玩具和兒童的書，五光十色，極其奪目。許多小朋友圍著看。日本小孩子的衣服，比我們的華燦，比較的引人注意。他們的圓白的小臉，烏黑的眼珠，濃厚的黑髮，襯映著十分可愛。

幾個山下的人家，十分幽雅，木牆竹窗，繁花露出牆頭，牆外有小橋流水。我們本想上山去看雌雄兩谷，是兩處瀑布。往上走的時候，遇見奔走下山的船上的同伴，說時候已近了。我們恐怕船開，只得回到船上來。

上岸時大家紛紛到郵局買郵票寄信。神戶郵局被中國學生塞滿了。牽不斷的離情！去國剛三日，便有這許多話要同家人朋友說麼？

回來有人戲笑著說：「白話有什麼好處！我們同日本人言語不通，說英文有的人又不懂。寫字罷，問他們『哪裡最熱鬧？』他們瞠目莫知所答。問他們『何處最繁華？』卻都恍然大悟，便指點我們以熱鬧的去處，你看！」我不覺笑了。

二十一日　橫濱

黃昏時已近橫濱。落日被白雲上下遮住，竟是朱紅的顏色，如同一盞日本的紅紙燈籠，這原是聯想的關係。

不斷的山，倚闌看著也很美。此時我曾用幾個盛快鏡膠片的錫筒，裝了幾張小紙條，封了口，投下海去，任它飄浮。紙上我寫著：

不論是哪個漁人撿著，都祝你幸運。我以東方人的至誠，祈神祝福你東方水上的漁人！

以及「我欲乘風歸去，又恐瓊樓玉宇，高處不勝寒！」等等的話。

到了橫濱，只算是一個過站，因為我們一直便坐電車到東京去。我們先到中國青年會，以後到一個日本飯店吃日本飯。那店名彷彿是「天香館」，也記不清了。脫鞋進門，我最不慣，大家都笑個不住。侍女們都赤足，和她們說話又不懂，只能相視一笑。席地而坐，仰視牆壁窗戶，都是木板的，光滑如拭。窗外陰沉，潔淨幽雅得很。我們只吃白米飯、牛肉、乾粉、小菜，很簡單的。飯菜都很硬，我只吃一點就放下了。

飯後就下了很大的雨，但我們的遊覽，並不因此中止，卻也不能從容，只汽車從雨中飛馳。如日比谷公園、靖國神社、博物館等處，匆匆一過。只覺得遊了六七個地方，都是上樓下樓，入門出門，一點印象也留不下。走馬看花，霧裡看花，都是看不清的，何況是雨中馳車，更不必說了。我又有點發熱，冒雨更不可支，沒有心力去流覽，只有兩處，我記得很真切。

一是二重橋皇宮，隆然的小橋，白石的闌杆，一帶河流之後，立著宮牆。忙中的腦筋，忽覺清醒，我走出車來拍照，遠遠看見員警走來，知要干涉，便連忙按一按機，又走上車去。可惜是雨中照的，洗不出風景來，但我還將這膠片留下。聽說地震後皇宮也頹壞了，我竟得於災前一瞥眼，可憐焦土！

還有就是館中的中日戰勝紀念品和壁上的戰爭的圖畫，周視之下，我心中軍人之血，如泉怒沸。小朋友，我是個弱者，從不會抑制我自己感情之波動。我是沒有主義的人，更顯然的不是國家主義者，我雖那時竟血沸頭昏，不由自主地坐了下去。但在同伴紛紛嘆恨之中，我仍沒有說一句話。

我十分歉仄，因為我對你們述說這一件事。我心中雖豐富地帶著軍人之血，而我常是喜愛日本人，我從來不存著什麼屈辱與仇視。只是為著「正義」，我對於以人類欺壓人類的事，我似乎不能忍受！

我自然愛我的弟弟，我們原是同氣連枝的。假如我有吃不了的一塊精餅，他和我索要時，我一定含笑地遞給他。但他若逞強，不由分說地和我爭奪，為著「正義」，為著要引導他走「公理」的道路，我就要奮然地，懷著滿腔的熱愛來抵禦，並碎此餅而不惜！

請你們饒恕我，對你們說這些神經興奮的話！讓這話在你們心中旋轉一周罷。說與別人我擔著驚怕，說與你們，我卻千放心萬放心，因為你們自有最天真最聖潔的斷定。

五點鐘的電車，我們又回到橫濱舟上。

二十三日　舟中

發燒中又冒雨，今天覺得不舒服。同船的人大半都上岸去，我自己坐著守船。

甲板上獨坐，無頭緒地想起昨天車站上的繁雜的木屐聲，和前天船上禮拜，他們唱的「上帝保佑我母親」之曲，心緒很雜亂不寧。日光又熱，下看碼頭上各種小小的貿易，人聲嘈雜，覺得頭暈。

同伴們都回來了，下午船又啟行。從此漸漸地不見東方的陸地了，再到海的盡頭，再見陸地時，人情風土都不同了，為之悵然。

曾在此時，匆匆地寫了一封信，要寄與你們，寫完匆匆地拿著走出艙來，船已徐徐離岸。「此誤又是十餘日了！」我黯然地將此信投在海裡。

那夜夢見母親來，摸我的前額，說：「熱得很，吃幾口藥罷。」她手裡端著藥杯叫我喝，我看那藥是黃色的水，一口氣地喝完了，夢中覺得是橘汁的味兒。醒來只聽得圓窗外海風如吼，翻身又睡著了。第二天熱便退盡。

二十四日以後　舟中

四周是海的舟島生活，很迷糊恍惚的，不能按日記事了，只略略說些罷。

同行二等三等艙中，有許多自俄赴美的難民，男女老幼約有一百多人。俄國人是天然的音樂家，每天夜裡，在最高層上，靜聽著他們在底下彈著琴兒。在海波聲中，那琴調更是淒清錯雜，如泣如訴。同是離家去國的人呵，縱使我們不同文字，不同言語，不同思想，在這淒美的快感裡，戀別的情緒，已深深地交流了！

那夜月明，又聽著這琴聲，我遲遲不忍下艙去。披著氈子在肩上，聊御那泱泱的海風。船兒只管乘風破浪地一直地走，走向那素不相識的他鄉。琴聲中的哀怨，已問著我們這般辛苦地載著萬斛離愁同去同逝，為名？為利？為著何來？「問君何事輕離別，一年幾團月？」我自問已無話可答了！若不是人聲笑語從最高層上下來，攪碎了我的情緒，恐怕那夜我要獨立到天明！

同伴中有人發起聚斂食物果品，贈給那些難民的孩子。我們從中國學生及別的乘客之中，收聚了好些，送下二等艙去。他們中間小孩子很多，女伴們有時抱幾個小的上來玩，極其可愛。但有一次，因此我又感到哀戚與不平。

有一個孩子，還不到兩歲光景，最為嬌小乖覺。他原不肯叫我抱，好容易用糖和餅，和發響的玩具，慢慢地哄了過來。他和我熟識了，放下來在地下走，他從軟椅中間，慢慢走去，又回來撲到我的膝上。我們正在嬉笑，一抬頭他父親站在廣廳的門邊。想他不能過五十歲，而他的白髮和臉上的皺紋，歷歷地寫出了他生命的顛頓與不幸，看去似乎不止六十歲了。他注視著他的兒子，那雙慈憐的眼光中，竟若含著眼淚。小朋友，從至情中流出的眼淚，是世界上最神聖的東西。晶瑩的含淚的眼，是最莊嚴尊貴的畫圖！每次看見處女或兒童，悲哀或義憤的淚眼，婦人或老人，慈祥和憐憫的淚眼，兩顆瑩瑩欲墜的淚珠之後，竟要射出凜然的神聖的光！小朋友，我最敬畏這個，見此時往往使我不敢抬頭！

這一次也不是例外，我只低頭扶著這小孩子走。頭等艙中的女看護是看護暈船的人們的——忽然也在門邊發見了。她冷酷的目光，看著那俄國人，說：「是誰讓你到頭等艙裡來的，走，走，快下去！」

這可憐的老人躊躇了。無主倉皇的臉，勉強含笑，從我手中接過小孩子來，以屈辱抱謙的目光，看一看那看護，便抱著孩子疲緩的從扶梯下去。

是誰讓他來的？任一個慈愛的父親，都不肯將愛子交付一個陌生人，他是上來照看他的兒子的。我抱上這孩子來，卻不能護庇他的父親！我心中忽然非常的抑塞不平。只注視著那個胖大的看護，我臉上定不是一種怡悅的表情，而她卻服罪地看我一笑。我四顧這廳中還有許多人，都像不在意似的。我下艙去，晚餐桌上，我終席未曾說一句話！

中國學生開了兩次的遊藝會，都曾向船主商量要請這些俄國人上來和我們同樂，都被船主拒絕了。可敬的中國青年，不願以金錢為享受快樂的界限，動機是神聖的。結果雖毫不似預想，而大同的世界，原是從無數的嘗試和奮鬥中來的！

約克遜船中的侍者，完全是中國廣東人。這次船中頭等乘客十分之九是中國青年，足予他們以很大的喜悅。最可敬的是他們很關心於船上美國人對於中國學生的輿論。船抵西雅圖之前一兩天，他們曾用全體名義，寫一篇勉勵中國學生為國家爭氣的話，揭帖在甲板上。文字不十分通順，而詞意真摯異常，我只記得一句，是什麼：「飄洋過海廣東佬」，是訴說他們自己的飄流和西人的輕視。中國青年自然也很懇摯地回了他們一封信。

海上看不見什麼，看落日其實也夠有趣的了，不過這很難描寫。我看見飛魚，背上兩隻蝗蟲似的翅膀。我看見兩隻大鯨魚，看不見魚身，只遠遠看見它們噴水。

此外還有什麼可說的呢，船上生活，只像聚什麼冬令會，夏令會一般，許多同伴在一起，走來走去，總走不出船的範圍。除了幾個遊藝會演說會之外，談談話，看看海，寫寫信，一天一天地漸漸過盡了。

橫渡太平洋之間，平空多出一日，就是有兩個八月二十八日。自此以後，我們所度的白日，和故國的不同了！鄉夢中的鄉魂，飛回故國的時候，我們的家人骨肉，正在光天化日之下，忙忙碌碌。別離的人！連魂來魂往，都不能相遇麼？

九月一日之後

早晨抵維多利亞（Victoria），又看見陸地了。感想紛起！那日早晨的海上日出，美到極處。沙鷗群飛，自小島邊，綠波之上，輕輕地蕩出小舟來。一夜不曾睡好，海風一吹，覺得微微悵惘。船上已來了攝影的人，逼我們在烈日下坐了許久，又是國旗，又是國歌地鬧了半日。到了大陸上，就又有這許多世事！

船徐徐泛入西雅圖（Seattle）。碼頭上許多金髮的人，來回奔走，和登舟之日，真是不同了！大家匆匆地下得船來，到扶橋邊，回頭一望，約克遜號郵船凝默地泊在岸旁。我無端黯然！從此一百六十幾個青年男女，都成了飄泊的風萍，也是一番小小的酒闌人散！

西雅圖是三山兩湖圍繞點綴的城市，連街衢的首尾，都起伏不平，而景物極清幽。這城五十年前還是荒野，如今竟修整得美好異常，可見國民元氣之充足。

匆匆地遊覽了湖山，赴了幾個歡迎會，三號的夜車，便向芝加哥進發。這串車是專為中國學生預備的，車上沒有一個外人，只聽得處處鄉音。

九月三日以後

最有意思的是火車經過洛磯山，走了一日。四面高聳的亂山，火車如同一條長蛇，在山半徐徐蜿蜒。這時車後掛著一輛敞車，供我們坐眺。看著巍然的四圍青郁的崖石，使人感到自己的渺小。我總覺得看山比看水滯澀些，情緒很抑鬱的。途中無可記，一站一站風馳電掣地過去，更留不下印象。只是過米西西比（Mississippi）河橋時，微月下覺得很玲瓏偉大。

七日早到芝加哥（Chicago），從車站上就乘車出遊。那天陰雨，只覺得滿街汽油的氣味。街市繁盛處多見黑人。經過幾個公園和花屋，是較清雅之處，綠意迎人。我終覺得芝加哥不如西雅圖。而芝加哥的空曠處，比北京還多些青草！

夜住女青年會幹事舍。夜中微雨，落葉打窗，令我撫然，寄家一片，我說：「幾片落葉，報告我以芝加哥城裡的秋風！今夜曾到電影場去，燈光驟明時，大家紛紛立起。我也想回家去，猛覺一身萬里，家還在東流的太平洋之外呢！」

八日晨又匆匆登車，往波士頓進發。這時才感到離群。這輛車上除了我們三個中國女學生外，都是美國人了。

仍是一站一站匆匆地過去，不過此時窗外多平原，有時看見山畔的流泉，穿過山石野樹之間，其聲潺潺。

九日近午，到了春野（Spring field）時，連那兩個女伴也握手下車去。小朋友，從太平洋西岸，繞到大西洋西岸的路程之末。女伴中只剩我一人了。

九月九日以後

九日午到了所謂美國文化中心的波士頓（Boston）。半個多月的旅行，才略告休息。

在威爾斯利大學（Wellesley College）開學以前，我還旅行了三天，到了綠野（Green field）春野等處，參觀了幾個男女大學，如侯立歐女子大學（Holyoke

College），斯密司女子大學（Smith Colleges），依默和司德大學（Amberst College）等，假期中看不見什麼，只看了幾座偉大的學校建築。

途中我讚美了美國繁密的樹林，和平坦的道路。

麻撒出色省（Massachusetts）多湖，我尤喜在湖畔馳車。樹影中湖光掩映，極其明媚。又有一天到了大西洋岸，看見了沙灘上遊戲的孩子和海鷗，回來做了一夜的童年的夢。的確的，上海頓舟，不見沙岸，神戶橫濱停泊，不見沙岸，西雅圖終止，也不見沙岸。這次的海上，對我終是陌生的。反不如大西洋岸旁之一瞬，層層卷蕩的海波，予我以最深的回憶與傷神！

九月十七日以後　威爾斯利

從此過起了異鄉的學校生活。雖只過了兩個多月，而慰冰湖有新的環境和我靜中常起的鄉愁，將我兩個多月的生涯，裝點得十分浪漫。

說也湊巧，我住在閉璧樓（Beebe Hall），閉璧樓和海竟有因緣！這座樓是閉璧約翰船主（Captain John Beebe）捐款所築。因此廳中，及招待室、甬道等處，都懸掛的是海的圖畫。初到時久不得家書，上下樓之頃，往往呆立平時堆積信件的桌旁，望了無風起浪的畫中的海波，聊以慰安自己。

學校如同一座花園，一個個學生便是花朵。美國女生的打扮，確比中國的美麗。衣服顏色異常的鮮豔，在我這是很新穎的。她們的性情也活潑好交，不過交情更浮泛一些，這些天然是「西方的」！

功課的事，對你們說很無味。其餘的以前都說過了。

小朋友，忽忽又已將周年，光陰過得何等的飛速？明知追寫這些事時，要引起我的惆悵，但為著小朋友，我是十分情願。而且不久要離此，在重受功課的束縛以前，我想到別處山陬海角，過一過漫遊流轉的生涯，以慰我半年閉居的悶損。趁此寧靜的山中，只憑回憶，理清了欠你們的信債。敘事也許不真不詳，望你們體諒我是初愈時的心思和精神，沒有輕描淡寫的力量。

此外曾寄〈山中雜記〉十則，與我的弟弟，想他們不久就轉給你們。再見了，故國故鄉的小朋友！再給你們寫信的時候，我想已不在青山了。

願你們平安！

冰心

一九二四年六月二十八日，沙穰

通訊十九

小朋友：

離青山已將十日了，過了這些天湖海的生涯，但與青山別離之情，不容不告訴你。

美國的佳節，被我在病院中過盡了！七月四號的國慶日，我還想在山中來過。山中自然沒有什麼，只兒童院中的小朋友，於黃昏時節，曾插著紅藍白三色的花，戴著彩色的紙帽子，舉著國旗，整隊出到山上遊行，口裡唱著國歌，從我們樓前走過的時候，我們曾鼓掌歡迎他們。

那夜大家都在我樓上話別，只是黯然中的歡笑。睡下的時候，我忽然覺得上下的衾單上，滿了石子似的多刺的東西，拿出一看，卻是無數新生的松子，幸而針刺還軟，未曾傷我，我不覺失笑。我們平時，戲弄慣了，在我行前之末一夜，她們自然要儘量地使一下促狹。

大家笑著都奔散了。我已覺倦，也不追逐她們，只笑著將松子紛紛地都掠在地下。衾枕上有了松枝的香氣！怪不得她們促我早歇，原來還有這一齣喜劇！我臥下，只不曾睡，看著沙穰村中噴起一叢一叢的煙火，紅光燭天。今天可聽見鞭炮了，我為之怡然。

第二天早起，天氣微陰。我絕早起來，悄然地在山中周行。每一棵樹，每一叢花，每一個地方，有我埋存手澤之處，都予以極誠懇愛憐之一瞥。山亭及小橋流水之側，和萬松參天的林中，我曾在此流過鄉愁之淚，曾在此有清晨之默坐與誦讀，有夫人履（Lady Slipper）和露之採擷，曾在此寫過文章與書函。沙穰在我，只覺得彌漫了閒散天真的空氣。

黃昏時之一走，又賺得許多眼淚。我自己雖然未曾十分悲慘，也不免黯然。女伴們雁行站在門邊，一一握手，紛紛飛揚的白巾之中，聽得她們搖鈴送我，我看得見她們依稀的淚眼，人生奈何到處是離別？

車走到山頂，我攀窗回望，綠叢中白色的樓屋，我的雪宮，漸從斜陽中隱過。病因緣從今斬斷，我倏忽地生了感謝與些些「來日大難」的悲哀！

我曾對朋友說，沙穰如有一片水，我對她的留戀，必不止此。而她是單純真樸，她和我又結的是護持調理的因緣，仿佛說來，如同我的乳母。我對她之情，深不及母親，柔不及朋友，但也有另一種自然的感念。

沙穰還徹底地予我以幾種從前未有的經驗如下：

第一是「弱」。絕對的靜養之中，眠食稍一反常，心理上稍有刺激，就覺得精神全隳，溫度和脈躍都起變化。我素來不十分信「健康之精神寓於健康之身體」，尤往往從心所欲，過度勞乏了我的身軀。如今理會得身心相關的密切，和病弱擾亂了心靈的安全，我便心悅誠服地聽從了醫士的指揮。結果我覺得心力之來復，如水徐升。小朋友中有偏重心靈方面之發展與快意的麼？望你聽我，不蹈此覆轍！

第二是「冷」。冷得真有趣！更有趣的是我自己毫不覺得，只看來訪的朋友們的瑟縮寒戰，和他們對於我們風雪中戶外生活之驚奇，才知道自己的「冷」。然而冷到時只覺得一陣痲木，眼珠也似乎在凍著，雙手互握，也似乎沒有感覺。我願小朋友聽得見我們在風雪中的歡笑！凍凝的眼珠，還是看書；沒有感覺的手，還在寫字。此外雪中的拖雪橇，逆風的遊行，松樹都彎曲著俯在地下，我們的臉上也戴上一層雪面具；自膝以下埋在雪裡。四望白茫茫之中，我要驕傲地說，「好的呀！三個月絕冷的風雪中的驅馳，我比你們溫爐暖屋，『雪深三尺不知寒』的人，多練出一些勇敢！」

夜中月明，寒光浸骨，雙頰如抵冰塊。月下的景物都如凝住，不能轉移。天上的冷月凍雲，真冷得璀璨！重衾如鐵，除自己骨和肉有暖意外，天上人間四圍一切都是冷的。我何等地願在這種光景之中呵，我以為惟有魚在水裡可以比擬。睡到天明，衾單近呼吸呵氣處都凝成薄冰。掀衾起坐，雪紛紛墜，薄冰也迸折有聲。真有趣呵，我了解「紅淚成冰」的詞句了。

第三是「閒」。閒得卻有時無趣，但最難得的是永遠不預想明日如何。我們的生活如印板文字，全然相同地一日一日地悠然過去。病前的苦處，是「預定」，往往半個月後的日程，早已安排就。生命中，豈容有這許多預定，亂人心曲？西方人都永遠在預定中過生活，終日匆匆忙忙的，從容宴笑之間，往往有「心焉不屬」的光景。我不幸也曾陷入這種旋渦！沙穰的半年，把「預定」兩字，輕輕地從我的字典中刪去，覺得有說不出的愉快。

「閒」又予我以寫作的自由，想提筆就提筆，想擱筆就擱筆。這種流水行雲的寫作態度，是我一生所未經，沙穰最可紀念處也在此！

第四是「愛」與「同情」。我要以最莊肅的態度來敘述此段。同情和愛，在疾病憂苦之中，原來是這般的重大而慰藉！我從來以為同情是應得的，愛是必得的，便有一種輕藐與忽視。然而此應得與必得，只限於家人骨肉之間。因為家人骨肉之愛，是無條件的，換一句話說，是以血統為條件的。至於朋友同學之間，同情是難得的，愛是不可必得的，幸而得到，那是施者自己人格之偉大！此次久病客居，我的友人的饋送慰問，風雪中殷勤的來訪，顯然地看出不是敷衍，不是勉強。至於泛泛一面的老夫人們，手抱著花束，和我談到病情，談到離家萬里，我還無言，她已墜淚。這是人類之所以為人類，世界之所以成世界呵！我一病何足惜？病中看到人所施於我，病後我知何以施於人。一病換得了「施於人」之道，我一病真何足惜！

「同病相憐」這一句話何等真切？院中女伴的互相憐惜，互相愛護的光景，都使人有無限之讚嘆！一個女孩子體溫之增高，或其他病情上之變化，都能使全院女伴起了吁嗟。病榻旁默默地握手，慰言已盡，而哀憐的眼裡，盈盈地含著同情悲憫的淚光！來從四海，有何親眷？只一縷病中愛人愛己，知人知己之哀情，將這些異國異族的女孩兒親密地聯在一起。誰道愛和同情，在生命中是可輕藐的呢？

愛在右，同情在左，走在生命路的兩旁，隨時撒種，隨時開花，將這一徑長途，點綴得香花彌漫，使穿枝拂葉的行人，踏著荊棘，不覺得痛苦，有淚可落，也不是悲涼。

初病時曾戲對友人說：「假如我的死能演出一齣悲劇，那我的不死，我願能演一齣喜劇！」在眾生的生命上，撒下愛和同情的種子，這是否演出喜劇呢，我將於此下深思了！

總之，生命路愈走愈遠，所得的也愈多。我以為領略人生，要如滾針氈，用血肉之軀去遍挨遍嘗，要它針針見血！離合悲歡，不盡其致時，覺不出生命的神祕和偉大。我所經歷真不足道！且喜此關一過，來日方長，我所能告訴小朋友的，將來或不止此。

屋中有書三千卷，琴五六具，彈的撥的都有，但我至今未曾動它一動。與水久別，此十日中我自然儘量地過湖畔海邊的生活。水上歸來，只低頭學繡，將在沙穰時淘氣的精神，全部收起。我原說過，只有無人的山中，容得童心的再現呵！

大西洋之遊，還有許多可記。寫得已多了，留著下次說罷。祝你們安樂！

冰心

一九二四年七月十四日，默特佛

通訊二十

小朋友：

水畔馳車，看斜陽在水上潑散出的閃爍的金光，晚風吹來，春衫嫌薄。這種生涯，是何等的宜於病後呵！

在這裡，出遊稍遠便可看見水。曲折行來，道滑如拭。重重的樹蔭之外，不時倏忽地掩映著水光。我最愛的是玷池（Spotpond），稱她為池真委屈了，她比小的湖還大呢！有三四個小鳥在水中央，上面隨意地長著小樹。池四圍是叢林，綠意濃極。每日晚餐後我便出來遊散，緩馳的車上，湖光中看遍了美人芳草！真是「水邊多麗人」。看三三兩兩成群攜手的人兒，男孩子都去領卷袖，女孩子穿著顏色極明豔的夏衣，短髮飄拂，輕柔的笑聲，從水面，從晚風中傳來，非常的浪漫而瀟灑。到此猛憶及曾皙對孔子言志，在「暮春者」之後，「浴乎沂風乎舞雩」之前，加上一句「春服既成」，遂有無限的飄揚態度，真是千古雋語！

此外的如玄妙湖（Mystic Lake），偵池（Spy pond），角池（Horn pond）等處，都是很秀麗的地方。大概湖的美處在「明媚」。水上的輕風，皺起萬疊微波，湖畔再有芊芊的芳草，再有青青的樹林，有平坦的道路，有曲折的白色闌杆，黃昏時便是天然的臨眺乘涼的所在。湖上落日，更是絕妙的畫圖。夜中歸去，長橋上兩串徐徐互相往來移動的燈星，顆顆含著涼意。若是明月中天，不必說，光景尤其宜人了！

前幾天遊大西洋濱岸（Revere Beach），沙灘上遊人如蟻。或坐或立，或弄潮為戲，大家都是穿著泅水衣服。沿岸兩三裡的遊藝場，樂聲渢渢，人聲嘈雜。小孩子們都在鐵馬鐵車上，也有空中旋轉車，也有小飛艇，五光十色的。機關一動，都紛紛奔馳，高舉凌空。我看那些小朋友們都很歡喜得意的！

這裡成了「人海」，如蟻的遊人，蓋沒了浪花。我覺得無味。我們捩轉車來，直到娜罕（Nahant）去。

漸漸地靜了下來。還在樹林子裡，我已迎到了冷意侵人的海風。再三四轉，大海和岩石都橫到了眼前！這是海的真面目呵。浩浩萬里的蔚藍無底的洪濤，壯厲的海風，蓬蓬地吹來，帶著腥鹹的氣味。在聞到腥鹹的海味之時，我往往憶及童年拾卵石貝殼的光景，而驚嘆海之偉大。在我抱肩迎著吹人欲折的海風之時，才了解海之所以為海，全在乎這不可禦的凜然的冷意！

在嶙峋的大海石之間，岩隙的樹蔭之下，我望著卵岩（Egg Rock），也看見上面白色的燈塔。此時靜極，只幾處很精緻的避暑別墅，悄然地立在斷岩之上。悲壯的海風，穿過叢林，似乎在奏「天風海濤」之曲。支頤凝坐，想海波盡處，是群龍見首的歐洲，我和平的故鄉，比這可望不可即的海天還遙遠呢！

故鄉沒有這明媚的湖光，故鄉沒有汪洋的大海，故鄉沒有蔥綠的樹林，故鄉沒有連阡的芳草。北京只是塵土飛揚的街道，泥濘的小胡同，灰色的城牆，流汗的人力車夫的奔走，我的故鄉，我的北京，是一無所有！

小朋友，我不是一個樂而忘返的人，此間縱是地上的樂園，我卻仍是「在客」。我寄母親信中曾說：

……北京似乎是一無所有！北京縱是一無所有，然已有了我的愛。有了我的愛，便是有了一切！灰色的城圍裡，住著我最寶愛的一切的人。飛揚的塵土呵，何時容我再嗅著我故鄉的香氣……

易卜生曾說過：「海上的人，心潮往往和海波一般的起伏動盪。」而那一瞬間靜坐在岩上的我的思想，比海波尤加一倍的起伏。海上的黃昏星已出，海風似在催我歸去。歸途中很悵惘。只是還買了一筐新從海裡拾出的蛤蜊。當我和車邊赤足捧筐的孩子問價時，他仰著通紅的小臉笑向著我。他豈知我正默默地為他祝福，祝福他終身享樂此海上拾貝的生涯！

談到水，又憶起慰冰來。那天送一位日本朋友回南那鐵（South Natick）去，道經威爾斯利。車馳穿校址，我先看見聖卜生療養院，門窗掩閉地凝立在山上。想起此中三星期的小住，雖仍能微笑，我心實淒然不樂。再走已見了慰冰湖上閃爍的銀光，我只向她一瞥眼。閉壁樓塔院等等也都從眼前飛過。年前的舊夢重尋，中間隔以一段病緣，小朋友當可推知我黯然的心理！

又是在行色匆匆裡，一兩天要到新漢壽（New Hampshire）去。似乎又是在山風松濤之中，到時方可知梗概。晚風中先草此，暑天宜習靜，願你們多寫作！

冰心

一九二四年七月二十二日，默特佛

通訊二十一

冰仲弟：

到自由（Freedom）又五六日了，高處於白嶺（The White Mountains）之上，華盛頓（Mount Washington），戚叩落亞（Chocorua）諸嶺都在幾席之間。這回真是入山深了！此地高出海面一千尺，在北緯四十四度，與吉林同其方位。早晚都是涼飆襲人，只是樹枝搖動，不見人影。

K教授邀我來此之時，她信上說：「我願你知道真正新英格蘭的農家生活。」果然地，此老屋中處處看出十八世紀的田家風味。古樸砌磚的壁爐，立在地上的油燈，粗糙的陶器，桌上供養著野花，黃昏時自提著罐兒去取牛乳，採葚果佐餐。

這些情景與我們童年在芝罘所見無異。所不同的就是夜間燈下，大家拿著報紙，縱談共和黨和民主黨的總統選舉競爭。我覺得中國國民最大的幸福，就是能居然脫離政府而獨立。不但農村，便是去年的北京，四十日沒有總統，而萬民樂業。言之欲笑，思之欲哭！

屋主人是兩個姊妹，是K教授的好友，只夏日來居在山上。聽說山後只有一處釀私酒的相與為鄰，足見此地之深僻了。屋前後怪石嶙峋。黑壓壓地長著叢樹的層嶺，一望無際。林影中隱著深谷。我總不敢太遠走開去，似乎此山有藏匿虎豹的可能。千山草動，獵獵風生的時候，真恐自暗黑的林中，跳出些猛獸。雖然屋主人告訴我說，山中只有一隻箭豬，和一隻小鹿，而我終是心怯。

於此可見白嶺與青山之別了。白嶺嫵媚處雄偉處都較勝青山，而山中還處處有湖，如銀湖（Silver Lake），戚叩落亞湖（Lake Chocorua），潔湖（Purity Lake）等，湖山相襯，十分幽麗。那天到戚叩落亞湖畔野餐，小橋之外，是十里如鏡的湖波，波外是突起矗立的戚叩落亞山。湖畔徘徊，山風吹面，情景竟是皈依而不是賞玩！

除了屋主人和K教授外，輕易看不見別一個人，我真是寂寞。只有阿曆

（Alex）是我唯一的遊伴了！他才五歲，是紐芬蘭的孩子。他母親在這裡傭工。當我初到之夜，他睡時忽然對他母親說：「看那個姑娘多可憐呵，沒有她母親相伴，自己睡在大樹下的小屋裡！」第二天早起，屋主人笑著對我述說的時候，我默默相感，微笑中幾乎落下淚來。我離開母親將一年了，這般徹底的憐憫體恤的言詞，是第一次從人家口裡說出來的呵！

我常常笑對他說：「阿曆，我要我的母親。」他凝然地聽著，想著，過了一會說：「我沒有看見過你的母親，也不知道她在哪裡——也許她迷了路走在樹林中。」我便說：「如此我找她去。」自此後每每逢我出到林中散步，他便遙遙地喚著問：「你找你的母親去麼？」

這老屋中仍是有琴有書，原不至太悶，而我終感著寂寞，感著缺少一種生活，這生活是去國以後就丟失了的。你要知道麼？就是我們每日一兩小時傻頑癡笑的生活！

飄浮著鐵片做的戰艦在水缸裡，和小狗捉迷藏，聽小弟弟說著從學校聽來的童稚的笑話，圍爐說些「亂談」，敲著竹片和銅茶盤，唱「數了一個一，道了一個一」的山歌，居然大家沉酣地過一兩點鐘。這種生活，似乎是癡頑，其實是絕對的需要。這種完全釋放身心自由的一兩小時，我信對於正經的工作有極大的輔益，使我解慍忘憂，使我活潑，使我快樂。去國後在學校中，病院裡，與同伴談笑，也有極不拘之時，只是終不能癡傻到絕不用點思想的地步。何況我如今多居於教授、長者之間，往往是終日矜持呢！

真是說不盡怎樣地想念你們！幻想山野是你們奔走的好所在，有了伴侶，我也便不怯野遊。我何等地追羨往事！「當時語笑渾閒事，過後思量盡可憐。」這兩語真說到入骨。但願經過兩三載的別離之後，大家重見，都不失了童心，傻頑癡笑，還有再現之時，我便萬分滿足了。

山中空氣極好，朝陽晚霞都美到極處。身心均舒適，只昨夜有人問我：「聽說泰戈爾到中國北京，學生們對他很無禮，他躲到西山去了。」她說著一笑。我淡淡地說，「不見得罷。」往下我不再說什麼，泰戈爾只是一個詩人，迎送兩方，都太把他看重了。

於此收住了。此信轉小朋友一閱。

冰心

一九二四年七月二十日，自由，新漢壽。

注：以上四篇最初發表於《晨報・兒童世界》一九二四年八—九月，後收入《寄小讀者》。

通訊二十二

親愛的小讀者：

每天黃昏獨自走到山頂看日落，便看見戚叩落亞（Chocorua）的最高峰。全山蔥綠，而峰上卻稍赤裸，露出山骨。似乎太高了，天風勁厲，不容易生長樹木。天邊總統山脈（Presidential Range）中諸嶺蜿蜒，華盛頓（Washington）、麥迭生（Madison）眾山重疊相映。不知為何，我只愛看戚叩落亞。

餐桌上談起來了，C夫人告訴我戚叩落亞是個美洲紅人酋長，因情不遂，登最高峰上墜崖自殺。戚叩落亞山便因他命名。她說著又說她記憶不真，最好找一找書看看。我也以山勢「英雄」而戚叩落亞死得太「兒女」為恨。今天從書架上取下一本書叫《白嶺》（The White Mountain）的，看了一遍。關於戚叩落亞的死因，與C夫人說得不同。我覺得這故事不妨說給小朋友聽聽！

書上說：「戚叩落亞可稱為新英格蘭一帶最秀麗最堪入畫之高山。」新英格蘭系包括美東Maime，N.H，Mass，R.I，Vermont，Coun，六省而言，是英國殖民初登岸處，故名。「高三千五百四十尺，山上有泉，山間有河，山下有湖。新漢壽諸山之中，沒有比它再含有美術的和詩的意味的了。」

「戚叩落亞山是從一個紅人酋長得名。這個酋長被白人殺死於是山的最高峰下。傳說不一，一說在羅敷窩（Lovewell）一戰之後，紅人都向坎拿大退走，只有戚叩落亞留戀故鄉和他祖宗的墳墓，不肯與族人同去。他和白人友善，特別地與一個名叫康璧（Campbell）的交好。戚叩落亞只有一個兒子，他一生的愛戀和希望，都傾注在這兒子身上。偶然有一次因著族人會議的事，他須到坎拿大去。他不忍使這兒子受長途風霜之苦，便將他交託給康璧，自己走了。他的兒子在康璧家中，備受款待。有一天，這孩子無意中尋到一瓶毒狐的藥，他好奇心盛，一口氣喝了下去。等到戚叩落亞回來，只得到他兒子死了葬了的消息！這誤會的心碎的酋長，在他負傷的靈魂上，深深刻下了復仇的誓願。這一天康璧從田間歸來，看見他妻和子的屍身，縱橫地倒在帳篷的內外。康璧狂奔出去尋覓戚叩落亞，在山巔將他尋見了。正在他發狂似的向白人詛咒的時候，康璧將他射死於最高峰下。

「又一說，戚叩落亞是紅人族中的神覡。他的兒子與康璧相好，不幸以意外之災死在康璧家裡。以下的便與上文相同。

「又一說，戚叩落亞是個無罪無猜的紅酋，對白人尤其和藹。只因那時麻撒出色（Massachusetts）百姓，憎惡紅人，在波士頓徵求紅人之酋，每頭顱報以百金。於是有一群獵者，貪圖巨利，追逐這無辜的紅酋，將他亂槍射死於最高峰下！

「英雄的戚叩落亞，在他將死未絕之時，張目揚齒，狂呼地詛咒說：『災禍臨到你們了，白人呵！我願巨靈在雲間發聲，其言如火，重重地降罰給你們。我戚叩落亞有一個兒子，而你們在光天化日之下，將他殺死！我願閃電焚灼你們的肉體，願暴風與烈火掃蕩你們的居民！願惡魔吹死氣在你們的牛羊身上！願你們的墳墓淪為紅人的戰場！願虎豹狼蟲吞噬你們的骨殖！我戚叩落亞如今到巨靈那裡去，而我的詛咒卻永遠地追隨著你們！』」

這故事於此終止了。書上說：「此後續來的移民，都不能安生居住，天災人禍，相繼而來；暴風雨，瘟疫，牛羊的死亡，紅人的侵襲，歲歲不絕。然而在事實上，近山一帶的居民，並未曾受紅人之侵迫，只在此數十年中不能牧養牲畜，牛羊死亡相繼。大家都歸咎於戚叩落亞的詛詞。後經科學者的試驗，乃是他們飲用的水中，含有石灰質的緣故。

「戚叩落亞的墳墓，傳說是在東南山腳下，但還沒有確實尋到。」

每天黃昏獨自走到山頂看日落，看夕陽自戚叩落亞的最高峰尖下墜，其紅如火！連那十八世紀的老屋都隱在叢林之中時，大地上只山嶺縱橫，看不出一點文化文明之蹤跡！這時我往往神遊於數百年前，想此山正是東額插羽、奔走如飛的紅人的世界。我微微地起了悲哀。紅人身軀壯碩，容貌黝紅而偉麗，與中國人種相似，只是不講智力，受制被驅於白人，便淪於萬劫不復之地！……

那天到康衛（Conway）去，在村店中買了一個小紅泥人，金冠散發，首插綠羽，頭上圍著五色絲條，腰間束帶。我放他在桌上，給他起名叫戚叩落亞，紀念我對於戚叩落亞之追慕，及此次白嶺之遊。等到年終時節，我擬請他到中國一行，代我賀我母親新春之喜。匆此。

冰心

一九二四年八月六日，白嶺

通訊二十三

冰季小弟：

這是清晨絕早的時候，朝日未出，朝露猶零，早餐後便又須離此而去。我以黯然的眼光望著白嶺，卻又不能不偷這匆匆言別的一早晨，寫幾個字給你。

只因昨夜在迢迢銀河之側，看見了織女星，猛憶起今天是故國的七月七夕，無數最甜柔的故事，最淒然輕婉的詩歌，以及應景的賞心樂事，都隨此佳節而生。我遠客他鄉，把這些都睽違了……這且不必管他。

我所要寫的，是我們大家太缺少娛樂了。無精打采的娛樂，絕不能使人生潤澤，事業進步。娛樂至少與工作有同等的價值，或者說娛樂是工作之一部分！

娛樂不是「消遣」。「消遣」兩字的背後，隱隱地站著「無聊」。百無聊賴的時候，才有消遣；侘傺疾病的時候，才有消遣！對於國事，對於人生，灰心喪志的時候，才有消遣！試看如今一般人所謂的娛樂，是如何的昏亂，如何的無精打采？我決不以這等的娛樂為娛樂！真正的娛樂是應著真正的工作的要求而發生的，換言之，打起精神做真正的工作的人，才熱烈地想望，或預備真正的娛樂！

當然的，中國人要有中國人的娛樂，我們有四千多年的故事、傳說和歷史。我們娛樂的時地和依據，至少比人家多出一倍。從新年說起罷，新年之後，有元宵。這千千萬萬的繁燈，作樹下廊前的點綴，何等燦爛？舞龍燈更是小孩子最熱狂最活潑的遊戲。三月三日是古人修禊節，也便是我們絕好的野餐時期，流觴曲水，不但仿古人餘韻，而且有趣。清明掃墓，雖不焚化紙錢，也可訓練小孩子一種恭肅靜默的對先人的敬禮；假如清明植樹能名實相副，每人每年在祖墓旁邊，種一棵小樹，不到十年，我們中國也到處有了蔥蔚的山林。五月五是特別為小孩子的節期，花花綠綠的香囊、五色絲，大家打扮小孩子。一年中只是這幾天，覺得街頭巷尾的小孩子，加倍喜歡！這天又是龍舟節，出去泛舟，或是兩個學校間的競渡，也是極好的日子。七月七，是女兒節，只這名字已有無限的溫柔！涼夜風靜，秋星燦然。庭中陳設著小幾瓜果，遍延女伴，輕悄談笑，仰看雙星緩緩渡橋。小孩子滿握著煮熟的蠶豆，大家互贈，小手相握，謂之「結緣」。這兩字又何其美妙？我每以為「緣」之意想，十分精微，「緣」之一字，十分難譯，有天意，有人情，有死生流轉，有地久天長。蘇子瞻贈他的弟弟子由詩，有「與君世世為兄弟，更結來生未了因」。小弟弟，我今天以這兩語從萬里外遙贈你了！

八月十五中秋節，滿月的銀光之下，說著蟾蜍玉兔的故事，何其清切？九月九重陽節，古人登高的日子，我們正好有遠足旅行，遊覽名勝。國慶日不必說，尤須慶祝一下子，只因我覺得除卻政治機關及商店懸旗外，家庭中紀念這節期的，似乎沒有！

往下不再細說了。翻開古書看一看，如《帝京景物志》之類，還可找出許多有意思可紀念的娛樂的日子來。我覺得中國的節期，都比人家的清雅，每一節期都附以溫柔、高潔的故事，驚才絕豔的詩歌，甚至於集會時的食品用器，如五月五的龍舟、粽子，七月七的蠶豆，八月十五的月餅，以及各節期的說不盡的等等一切……我們是一點不必創造。招集小孩子，故事現成，食品現成，玩具現成，要編制歌曲，供小孩的戲唱，也有數不盡的古詩、古文、古詞為藍本。古人供給我們這許多美好的材料，叫我們有最高尚的娛樂，如我們仍不知領略享受，真是太對不起了！

破除迷信，是件極好的事。最可惜的是迷信破除了以後，這些美好的節期，也隨著被大家冷淡了下去。我當然不是提倡迷信，偶像崇拜和小孩子扮演神仙故事，截然的是兩件事！

不能多寫了。朝日已出，廚娘已忙著預備早餐。在今晚日落之前，我便可在一個小海島之上，你可猜想我是如何的喜歡！我看《詩經》，最愛的是：「蒹葭蒼蒼，白露為霜，所謂伊人，在水一方……溯回從之，宛在水中央。」我最喜在「水中央」三字，覺得有說不出的飄蕩與縈回！自我開始旅行，除了日記及紙筆之外，半本書也沒有帶，引用各詩，也許錯誤，請你找找看。

預算在海上住到月圓時節。「海上生明月」的光景，我已預備下全副心情，供它動盪，那時如寫得出，再寫些信寄你。

你的姊姊

一九二四年八月七日，白嶺

通訊二十四

我的雙親：

窗外濤聲微撼，是我到伍島（Five Islands）之第一夜。我已睡下，B女士進坐在我的床前，說了許多別後的話。她又說：「可惜我不能將你母親的微笑帶來呵！」一夜深她出去。我輾轉不寐。一年中隔著海洋，我們兩地的經過，在生命的波瀾又歸平靖之後，忽忽追思，竟有無限的感慨！

在新漢壽之末一夜，竟在白嶺上過了瓜果節。說起也真有意思。那天白日偶然和眾人談起，黃昏時節，已自忘懷。午睡起後，C夫人忽請我換了新衣。K教授也穿上由中國繡衣改制的西服出來。其餘眾人，或掛中國的玉佩，或著中國的綢衣，在四山暮色之中，團團坐在屋前一棵大榆樹下，端出茶果來，告訴我今夜要過中國的瓜果節。我不禁怡然一笑。我知道她們一來自己尋樂，二來與我送別。我是在家十年未過此節，卻在離家數萬里外，孤身作客，在綿亙雄偉的白嶺之巔，與幾位教授長者，過起軟款溫柔的女兒節來，真是突兀！

那夜是陰曆初六，雙星還未相邇，銀漢間薄霧迷蒙。我竟成了這小會的中心！大家替我斟上蒲公英酒，K教授舉杯起立，說：「我為全中國的女兒飲福！」我也起來笑答：「我代全中國的女兒致謝你們！」大家笑著起立飲盡。

第二巡遞過茶果，C夫人忽又起立舉杯說：「我飲此酒，祝你健康！」於是大家又紛然離座。K教授和F女士又祝福我的將來，雜以雅謔。一時杯聲鏗然相觸，大家歡呼，我笑了，然而也只好飲滿。

談至夜闌，談鋒漸趨於詩歌方面。席散後，我忽憶未效穿針乞巧故事，否則也在黑暗中撮弄她們一下子，增些歡笑！

如今到伍島已逾九日，思想頓然地沉肅了下來。我大錯了！十年不近海，追證於童年之樂，以為如今又晨夕與海相處，我的思想，至少是活潑飛揚的。不想她只時時與我以驚躍與淒動！……

九日之中，盪小舟不算外，泛大船出海，已有三次。十三日泛舟至海上聚餐，共載者十六人。乘風扯起三面大帆來，我起初只坐近闌旁，聽著水手們扯帆時的歌聲，真切地憶起海上風光來。正自凝神，一回頭，B博士笑著招我到舟尾去，讓我去把舵，他說：「試試看，你身中曾否帶著航海家之血！」艙面大家都笑著看我。我竟接過舵輪來，一面坐下，凝眸前望，俯視羅盤正在我腳前。這船較小些，管輪和駕駛，只須一人。我握著輪齒，覺得桅杆與水準縱橫之距離，只憑左右手之轉動而推移。此時我心神傾注，海風過耳而不聞。漸漸駛到叔本葛大河（Sheepcult River）入海之口。兩岸較逼，波流洶湧。我扶輪屏息，偶然側首看見闌旁士女，容色暇豫，言笑宴宴，始恍然知自己一身責任之重大，說起來不值父親之一笑！比起父親在萬船如蟻之中，將載著數百軍士的戰艦，駛進廣州灣，自然不可同日語，而在無情的波流上，我初次嘗試的心，已有無限的惶恐。說來慚愧，我覺得我兩腕之一移動，關係著男女老幼十六人性命的安全！

B博士不離我座旁，卻不多指示，只憑我旋轉自如。停舟後，大家過來笑著舉手致敬，稱我為船主，稱我為航海家的女兒。

這只是玩笑的事，沒有說的價值。而我因此忽忽憶起我所未想見的父親二十年海上的生涯。我深深地承認——直接覺著負責任的，無過於舟中的把舵者。一舟是一世界，雙手輪轉著——頃刻間人們的生死，操縱著眾生的歡笑與悲號。幾百個乘客在舟上，優游談笑，說著乘風破浪，以為人人都過著最閒適的光陰。不知艙面小室之中，獨有一個凝眸望遠的船主，以他傾注如癡的辛苦的心目，保持佑護著這一段數百人閒適歡笑的旅途！

我自此深思了！海島上的生涯，使我心思昏忽。伍島後有斷澗兩處，通以小橋。澗深數丈，海波衝擊，聲如巨雷。穿過松林，立在磐石上東望，西班牙與我之間，已無寸土之隔。島的四岸，在清晨、在月夜，我都坐過，淒清得很。每每夜醒，正是潮滿時候，海波直到窗下。淡霧中，燈塔裡的霧鐘續續地敲著。有時竟還聽得見駕駛的銀鐘，在水面清澈四聞。雪鷗的鳴聲，比孤雁還哀切，偶一驚醒，即不復寐……

實在寫不盡，我已決意離此。我自己明白知道，工作在前，還不是我迴腸盪氣的時候！

明天八月十七，郵船便佳城號（City of Bangor）自泊斯（Bath）開往波士頓。我不妨以去年渡太平洋之日，再來橫渡大西洋之一角。我真是弱者呵，還是願意從海道走！

你海上的女兒

一九二四年八月十六日夜，伍島

注：以上三篇最初發表於《晨報‧兒童世界》一九二四年九月十日、十三日、二十九日，後收入《寄小讀者》。

通訊二十五

親愛的小朋友：

海濱歸來，又到了湖上。中間雖遊了些地方，但都如過眼雲煙。半年來的生活，如同緩流的水，無有聲響；又如同帶上銜勒的小馬，負重地，目不旁視地走向前途。童心再也不能喚醒，幾番提筆，都覺出了隱微的悲哀。這樣一次一次地消停，不覺又將五個月了！

小朋友！饒是如此，還有許多人勸我省了和小孩子通信之力，來寫些更重大、更建設的文字。我有何話可說，我愛小孩子。我寫兒童通訊的時節，我似乎看得見那天真純潔的對象，我行雲流水似的，不造作，不矜持，說我心中所要說的話。縱使這一切都是虛無呵，也容我年來感著勞頓的心靈，不時地有自由的寄託！

昨夜夢見堆雪人，今晨想起要和你們通信。我夢見那個雪人，在我剛剛完工之後，她忽然蹁躚起舞。我待要追隨，霎時間雪花亂飛。我旁立掩目，似乎聽得小孩子清脆的聲音，在雲中說：「她走了——完了！」醒來看見半圓的冷月，從雲隙中窺人，葉上的餘雪，灑上窗臺，沾著我的頭面。我惘然地憶起了一篇匆草的舊稿，題目是〈讚美所見〉，沒有什麼意思，只是充一充篇幅。課忙思澀，再寫信義不知是何日了！願你們安好！

冰心

一九二五年二月一日，娜安辟迦樓

讚美所見

湖上晚晴，落霞豔極。與秀在湖旁並坐，談到我生平宗教的思想，完全從自然之美感中得來。不但山水，看見美人也不是例外！看見了全美的血肉之軀，往往使我肅然地讚嘆造物。一樣的眼、眉、腰，在萬千形質中，偏她生得那般軟美！湖山千古依然，而佳人難再得。眼波櫻唇，瞬歸塵土。歸途中落葉蕭蕭，感嘆無盡，忽然作此。

假如古人曾為全美的體模，

　讚美造物，
我就願為你的容光膜拜。

你
櫻唇上含蘊著天下的溫柔，
眼波中凝聚著人間的智慧。
倘若是那夜我在星光中獨泛，
　你羽衣蹁躚，
　飛到我的舟旁
倘若是那晚我在楓林中獨步，
　你神光離合，
臨到我的身畔！
我只有合掌低頭，
　不能驚嘆，
因你本是個女神

本是個天人……

……
如今哪堪你以神仙的手姿，
寄託在一般的血肉之軀。
儼然地，
和我對坐在銀燈之下！

我默然瞻仰，
隱然生慕，
慨然興嗟，
嗟呼，粲者！
我因你讚美了萬能的上帝，
嗟呼，粲者！
你引導我步步歸向於信仰的天家。

我默然瞻仰，
隱然生慕，
慨然興嗟，
嗟呼，粲者！
你只須轉那雙深澈智慧的眼光下望，
看蕭蕭落葉遍天涯，
明年春至，
還有新綠在故枝上萌芽，
嗟呼，粲者！
青春過了，
你知道你不如他！
……
櫻唇眼波，終是夢痕，

溫柔智慧中，願你永存，

阿們！

一九二四年十一月一日，娜安辟迦樓

注：本篇最初發表於《晨報副鐫》一九二五年三月六日、十日，後收入《寄小讀者》。

通訊二十六

小朋友：

病中，靜中，雨中，是我最易動筆的時候；病中心緒惆悵，靜中心緒清新，雨中心緒沉潛，隨便地拿起筆來，都能寫出好些話。

一夏的「雲遊」，剛告休息。此時窗外微雨，坐守著一爐微火。看書看到心煩，索性將立在椅旁的電燈也撚滅了下去。

爐裡的木柴，爆裂得息息地響著，火花飛上裙緣。小朋友！就是這百無聊賴、雨中靜中的情緒，勉強了久不修書的我，又來在紙上和你們相見。

暑前六月十八晨，陰，匆匆地將屋裡幾盆花草，移栽在樹下。殷勤拜託了自然的風雨，替我將護著這一年來案旁伴讀的花兒。安頓了惜花心事之後，一天一夜的火車，便將我送到銀灣（Silver Bay）去。

銀灣之名甚韻！往往使我憶起納蘭性德「盈盈從此隔銀灣，便無風雪也摧殘」之句。入灣之頃，舟上看喬治湖（Lake George）兩岸青山，層層轉翠。小島上立著叢樹，綠意將倦人喚醒起來。銀灣漸漸來到了眼前！黑嶺（Black mountains）高得很，喬治湖又極浩大，山腳下濤聲如吼之中，銀灣竟有芝罘的風味。

到後寄友人書，曾有「盛名之下，其實難副，人猶如此，地何以堪？你們將銀灣比了樂園，周遊之下，我只覺索然！」之語。致她來信說我「詩人結習未除，幻想太高」。實則我曾經滄海，銀灣似芝罘，而偉大不足，反不如慰冰及綺色佳，深幽嫵媚，別具風格，能以動我之愛悅與戀慕。

且將「成見」撇在一邊，來敘述銀灣的美景。河亭（Brook Pavilion）建在湖岸遠伸處，三面是水。早起在那裡讀詩，水聲似乎和著詩韻。山雨欲來，湖上漫漫飛卷的白雲，亭中尤其看得真切。大雨初過，湖淨如鏡，山青如洗。雲隙中霞光燦然四射，穿入水裡，天光水影，一片融化在彩虹裡，看不分明。光景的奇麗，是詩人畫工，都不能描寫得到的！

在不繫舟上作書，我最喜愛，可惜並沒有工夫做。只二十六日下午，在白浪推擁中，獨自泛舟到對岸，寫了幾行。湖水泱泱，往返十里。回來風勢大得很，舟兒起落之頃，竟將寫好的一張紙，吹沒在湖中。迎潮上下時，因著能力的反應，自己覺得很得意，而運槳的兩臂，回來後隱隱作痛。

十天之後，又到了綺色佳（Ithaca）。

綺色佳真美！美處在深幽。喻人如隱士，喻季候如秋，喻花如菊。與泉相近，是生平第一次，新穎得很！林中行來，處處傍深澗。睡夢裡也聽著泉聲！六十日的寄居，無時不有「百感都隨流水去，一身還被浮名束」這兩句，縈回於腦海！

在曲折躍下層岩的泉水旁讀子書。會心處、悅意處，不是人世言語所能傳達。此外替美國人上了一夏天的墳，綺色佳四五處墳園我都遊遍了！這種地方，深沉幽邃，是哲學的，是使人勘破生死觀的。我一星期中至少去三次，撫著碑碣、摘去殘花，我覺得墓中人很安適的，不知墓中人以我為如何？

刻尤佳湖（Lake Cauaga）為綺色佳名勝之一，也常常在那裡泛月。湖大得很，明媚處較慰冰不如，從略。

八月二十八日，遊尼革拉大瀑布（Niagara Falls）。三姊妹岩旁，銀濤卷地而來，奔下馬蹄岩，直向渦池而去。洶湧的泉濤，藏在微波緩流之下。我乘著小船霧姝號（The maid of mist）直到瀑底。仰望美利堅坎拿大兩片大泉，墜雲搓絮般地奔注！夕陽下水影深藍，岩石碎迸，水珠打擊著頭面。泉雷聲中，心神悸動！綺色佳之深邃溫柔，幸受此萬丈冰泉，洗滌沖蕩。月下夜歸，恍然若失！

九月二日，雨中到雪拉鳩斯（Syracuse），赴美東中國學生年會。本年會題，是「國家主義與中國」，大家很鼓吹了一下。

年會中忙過十天，又回到波士頓來。十四夜心隨車馳，看見了波士頓南站燦然的燈光，九十日的幻夢，恍然驚覺…… 夜已深，樓上主人促眠。窗外雨仍不止。異鄉的蟲聲在淒淒地叫著。萬里外我敬與小朋友道晚安！

冰心

一九二五年九月十七日夜，默特佛

注：本篇最初發表於一九二五年十月二十四日《晨報副鐫》，後收入《寄小讀者》。

通訊二十七

小讀者：

無端應了惠登大學（Wheaton College）之招，前天下午到夢野（Mansfield）去。

到了車站，看了車表，才知從波士頓到夢野是要經過沙穰的，我忽然起了無名的悵惘！

我離院後回到沙穰去看病友已有兩次。每次都是很惘然，心中很怯，靜默中強作微笑。看見道旁的落葉與枯枝，似乎一枝一葉都予我以「轉戰」的回憶！這次不直到沙穰去，態度似乎較客觀些，而感喟仍是不免！我記得以前從醫院的廊上，遙遙地能看見從林隙中穿過的白煙一線的火車。我記住地點，凝神遠望，果然看見雪白的樓瓦，斜陽中映襯得如同瓊宮玉宇一般……

清晨七時從夢野回來，車上又瞥見了！早春的天氣，朝陽正暖，候鳥初來。我記得前年此日，山路上我的飄揚的春衣！那時是怎樣的止水停雲般的心情呵！

小朋友！一病算得什麼？便值得這樣的驚心？我常常這般地問著自己。然而我的多年不見的朋友，都說我改了。雖說不出不同處在哪裡，而病前病後卻是迥若兩人。假如這是真的呢？是幸還是不幸，似乎還值得低徊罷！

昨天回來後，休息之餘，心中只悵悵的，念不下書去。夜中燈下翻出病中和你們通訊來看。小朋友，我以一身兼作了得勝者與失敗者，兩重悲哀之中，我覺得我禁不住有許多欲說的話！

看見過力士搏獅麼？當他屏息負隅，張空拳於猙獰的爪牙之下的時候，他雖有震恐，雖有狂傲，但他決不暇有蕭瑟與悲哀。等到一陣神力用過，倏忽中擲此百獸之王於死的鐵門之內以後，他神志昏瞶地抱頭頹坐。在春雷般的歡呼聲中，他無力地抬起眼來，看見了在他身旁鬣毛森張、似餘殘喘的巨物。我信他必忽然起了一陣難禁的戰慄，他的全身沒在微弱與寂寞的海裡！

一敗塗地的拿破崙，重過滑鐵盧，不必說他有無限的忿激、太息與激昂！然而他的激感，是狂湧而不是深微，是一個人都可抵擋得住。而建了不世之功、退老閒居的惠靈吞，日暮出遊，驅車到此戰爭舊地，他也有一番激感！他彷彿中起了蒼茫的悵惘、無主的傷神。斜陽下獨立，這白髮盈頭的老將，在百番轉戰之後，竟受不住這閒卻健兒身手的無邊蕭瑟！悲哀，得勝者的悲哀呵！

小朋友，與病魔奮戰期中的我，是怎樣的勇敢與喜樂！我作小孩子，我作Eskimo，我「足踏枯枝，靜聽著樹葉微語」，我「試揭自然的簾幕，躡足走入仙宮」。如今呢，往事都成陳跡！我「終日矜持」，我「低頭學繡」，我「如同緩流的水，半年來無有聲響」。是的呵，「一回到健康道上，世事已接踵而來」！雖然我曾應許「我至愛的母親」說：「我既絕對地認識了生命，我便願低首去領略。我便願遍嘗了人生中之各趣；人生中之各趣，我便願遍嘗！我甘心樂意以別的淚與病的血為贄，推開了生命的宮門。」我又應許小朋友說：「領略人生，要如滾針氈，用血肉之軀去遍挨遍嘗，要它針針見血！……來日方長，我所能告訴小朋友的，將來或不止此。」而針針見血的生命中之各趣，是須用一片一片天真的童心去換來的。互相疊積傳遞之間，我還不知要預備下多少怯弱與驚惶的代價！我改了，為了小朋友與我至愛的母親，我十分情願屈服於生命的權威之下。然而我願小朋友傾耳聽一聽這弱者，失敗者的悲哀！

在我熱情忠實的小朋友面前，略消了我胸中塊壘之後，我願報告小朋友一個大家歡喜的消息。這時我的母親正在東半球數著月亮呢！再經過四次月圓，我又可在母親懷裡，便是小朋友也不必耐心地讀我一月前，明日黃花的手書了！我是如何地喜歡呵！

小朋友，我覺得對不起！我又以悱惻的思想，貢獻給你們。然而我的「詩的女神」只是一個

滿蘊著溫柔
微帶著憂愁

的，就讓她這樣地抒寫也好。

敬祝你們的喜樂與健康！

冰心

一九二六年三月十二日，娜安辟迦樓

注：本篇最初發表於一九二六年四月二十六日《晨報副鐫》，後收入《寄小讀者》。

通訊二十八

親愛的娘：

今晨得到冰仲弟自北京寄來的《寄小讀者》，匆匆地翻了一過，我止水般的熱情，重複蕩漾了起來！親愛的母親！我的腳已踏著了祖國的田野，我心中複雜地蘊結著歡慰與悲涼！

廿七日的黃昏，三年前攜我遠遊的約克遜號，徐徐地駛進吳淞口岸的時候，我抱柱而立。迎著江上吹面不寒的和風，我心中只掩映著母親的慈顏。三年之別，我並不曾改，我仍是三年前母親的嬌兒，仍是廿餘年前母親懷抱中的嬌兒！

上海苦熱，回憶船上海風中看明月的情景，真是往事都成陳跡！廿六夜海波如吼，水影深黑，只在明月與我之間，在水上鋪成一條閃爍碎光的道路。看著船旁譁然飛濺的浪花，這一星星都迸碎了我遠遊之夢！母親，你是大海，我只是剎那間濺躍的浪花。雖暫時在最低的空間上，幻出種種的閃光，而在最短的時間中，即又飛進母親的懷裡。母親！我美遊之夢，已在欠伸將覺之中。祖國的海波，一聲聲地洗淡了我心中個個的夢中人影。母親！夢中人只是夢中人，除了你，誰是我永久靈魂之歸宿？

廿七晨我未明即起，望見了江上片片祖國的帆影之後，我已不能再睡覺！我俯在圓窗上看滿月西落，紫光欲退，而東方天際的明霞，又已報我以天光的消息！母親，為了你，萬里歸來的女兒，都覺得這些國外也常常看見的殘月朝暉，這時卻都予我以極濃熱的慕戀的情意。

母親，我只是一個山陬海隅的孩子，一個北方鄉野的孩子。上海實在住不了！長裙短衫，蝶翅般的袖子，油光的頭，額上不自然地剪下三四縷短髮。這般千人一律，不個性的打扮，我覺得心煩而又畏怯。這裡熱得很，哥哥姊姊們又喜歡灌我酒。前晚喝的是「大宛香」，還容易下嚥，今夜是「白玫瑰露」，真把我吃醉了。匆匆地走上樓來和衣而臥。酒醒已是中夜，明月正當著我的窗戶。朦朧中記得是離家已近，才免去那「楊柳岸曉風殘月」的悲哀。

母親！你看我寫的歪斜的字，嫂嫂笑說我仍在病酒！我定八月二夜北上了。我愛母親！我怕熱，我不會吃酒，還是回家好！

還家的女兒

這封信轉小朋友看看不妨事罷？

七月卅日，上海

注：本篇最初發表於一九二六年八月七日《晨報副鐫》，後收入《寄小讀者》第四版。

通訊二十九

最親愛的小讀者：

我回家了！這「回家」二字中我迸出了感謝與歡欣之淚！

三年在外的光陰，回想起來，曾不如流波之一瞥。我寫這信的時候，小弟冰季守在旁邊。窗外，紅的是夾竹桃，綠的是楊柳枝，襯以北京的蔚藍透徹的天。故鄉的景物，一一回到眼前來了！

小朋友！你若是不曾離開中國北方，不曾離開到三年之久，你不會讚嘆欣賞北方蔚藍的天！清晨起來，揭簾外望，這一片海波似的青空，有一兩堆潔白的雲，疏疏地來往著，柳葉兒在曉風中搖曳，整個地送給你一絲絲冰意。你覺得這一種

「冷處濃」的幽幽的鄉情，是異國他鄉所萬嘗不到的！假如你是一個情感較重的人，你會興起一種似歡喜非歡喜、似悵惘非悵惘的情緒。站著癡望了一會子，你也許會流下無主、皈依之淚！

在異國，我只遇見了兩次這種的雲影天光。一次是前年夏日在新漢壽（New Hampshire）白嶺之巔。我午睡乍醒，得了英倫朋友的一封書，是一封充滿了友情別意，並描寫牛津景物寫到引人入夢的書。我心中雜揉著悵惘與歡悅，帶著這信走上山巔去。猛然見了那異國的藍海似的天！四圍山色之中，這油然一碧的天空，充滿了一切。漫天匝地的斜陽，鑲出西邊天際一兩抹的絳紅深紫。這顏色須臾萬變，而銀灰，而魚肚白，倏然間又轉成燦然的黃金。萬山沉寂，因著這奇麗的天末的變幻，似乎太空有聲！如波湧，如鳥鳴，如風嘯，我似乎聽到了那夕陽下落的聲音。這時我驟然間覺得弱小的心靈，被這偉大的印象，升舉到高空，又倏然間被壓落在海底！我覺出了造化的莊嚴，一身之幼稚，病後的我，在這四周豔射的景象中，竟伏於纖草之上，嗚咽不止！

還有一次是今年春天，在華京（Washington D.C.）之一晚。我從枯冷的紐約城南行，在華京把「春」尋到！在和風中我坐近窗戶，那時已是傍晚，這國家婦女會（National Women's Party）舍，正對著國會的白樓。半日倦旅的眼睛，被這樓後的青天喚醒！海外的小朋友！請你們饒恕我，在我倏忽地驚嘆了國會的白樓之前，兩年半美國之寄居，我不曾覺出她是一個莊嚴的國度！

這白樓在半天矗立著，如同一座玲瓏洞開的仙閣。被樓旁的強力燈逼射著，更顯得出那樓後的青空。兩旁也是偉大的白石樓舍。樓前是極寬闊的白石街道。雪白的球燈，整齊地映照著。路上行人，都在那偉大的景物中，寂然無聲。這種天國似的靜默，是我到美國以來第一次尋到的。我尋到了華京與北京相同之點了！

我突起的鄉思，如同一個波瀾怒翻的海！把椅子推開，走下這一座萬靜的高樓，直向國會圖書館走去。路上我覺得有說不出的愉快與自由。楊柳的新綠，搖曳著初春的晚風。熟客似的，我走入大閱書室，在那裡寫著日記。寫著忽然憶起陸放翁的「喚作主人原是客，知非吾土強登樓」的兩句詩來。細細咀嚼這「喚」字和「強」字的意思，我的意興漸漸地蕭索了起來！

我合上書，又洋洋地走了出去。出門來一天星斗。我長吁一口氣。看見路旁一輛手推的篷車，一個黑人在叫賣炒花生栗子。我從病後是不吃零食的，那時忽然走上前去，買了兩包。那燈下黝黑的臉，向我很和氣地一笑，又把我強尋的鄉夢攪斷！我何嘗要吃花生栗子？無非要強以華京作北京而已！

寫到此我腕弱了，小朋友，我覺得不好意思告訴你們，我回來後又一病逾旬，今晨是第一次寫長信。我行程中本已憔悴困頓，到家後心裡一鬆，病魔便乘機而起。我原不算是十分多病的人，不知為何，自和你們通訊，我生涯中便病忙相雜，這是怎麼說的呢！

故國的新秋來了。新愈的我，覺得有喜悅的蕭瑟！還有許多話，留著以後說罷，好在如今我離著你們近了！

你熱情忠實的朋友，在此祝你們的喜樂！

冰心

一九二六年八月三十一日，圓恩寺

注：本篇最初發表於一九二六年九月六日《晨報副鐫》，後收入《寄小讀者》第四版。

再寄小讀者（一）

通訊一

親愛的小朋友：

今天真是和你們重新通訊的光明的開始，山頭滿了陽光，日影從深密的松林中，穿射過來，幻成幾根迷蒙的光柱。晴光中，一雙翠鳥，低貼著潭水飛來，嬌婉地叫了幾聲，又掠入滿綴著紅豆的天青叢裡。岩下遠近的青峰，隔著淡淡的雲影，穩靜地重疊地排立著。嘉陵江，綠錦似的，宛宛地向東牽引。隔江的山城，無數淡白的屋頂，錯雜地隱在淡霧裡。眼前一切，都顯出安靜、光明和歡喜。

這正是象徵著我這時的心境！自從民國十二年開始和小朋友通訊，一轉眼又是二十年了。在這兩次通訊中間，我又以活躍的童心，走了一大段充滿了色、光、熱的生命的旅途。我做了教師，做了主婦，又做了母親。我多讀了幾本書，多認識了幾個朋友，多走了幾萬里國內國外的道路。這二十年的生命中雖沒有什麼巨驚大險、極痛狂歡，而在我小小的心靈裡，也有過曉晴般的怡悅，暮煙般的悵惘，中宵梵唱般的感悟，清晨鼓角般的奮興。許多事實，許多心緒，可以告訴給我的最同情的小朋友的，容我在以後的通訊裡，慢慢地來陳述。

小朋友，這些年裡，我收到你們許多信件，細小端楷的字跡，天真誠摯的言詞，每次開函，都使我有無限的感謝和歡喜。為了這些信件，這幾年來，我在病榻上、索居中、旅途裡，永遠不曾感到寂寞，因為我知道有這許多顆天真純潔的心，南北東西地在包圍追隨著我！

因此，在民國三十二年元日，我借了大公報的篇幅，來開始答謝我的小讀者。這通訊將不斷地繼續下去，希望因著更多的經驗，我所能貢獻給小朋友的，比從前可以更寬廣深刻一些。

願這第一封信，將我的開朗歡悅的心情，帶給每個小讀者！

願抗戰後的第六個新年，因著你們，而更加快樂、更見光明！

你的朋友冰心

一九四二年十二月十二日，歌樂山

通訊二

小朋友：

今天讓我們來談「友誼」。

友誼是人我關係中最可寶貴的一段因緣——朋友雖列於五倫之末，而朋友的範圍卻包括得最廣，你的君，臣（現在可以說是領袖、上司），父，子，兄，弟，夫，婦，同時都可以是你的朋友。

朋友是不分國籍，不限年齡，不拘性別的；只要理想相同，興趣相近，情感相洽，意氣相投的人，都可以很堅固地聯結在一起。世界上有多少崇高理想的實現，艱巨事業的創立，偉大藝術的產生，都是一班志同道合的朋友，共同努力、相互切磋的結果。這種例子，在中外古今的歷史上，是到處可以找到的。

同時，不但相似相同的人格，容易成為朋友，而朋友往往還是你空虛的填滿，缺憾的補足，心靈的加深——你自己率直豪爽，你更佩服你朋友的謙退深沉；你自己熱情好動，你更欣賞你朋友的沖淡靜默；你自己多愁善病，你更羨慕你朋友的健碩歡欣。各種不同的人格，如同琴瑟上不同的弦子，和諧合奏，就能發出天樂般悅耳的共鳴。

交友是一種藝術。

熱情、活潑，而富於同情心的人，常常能吸引許多朋友，而磁石只吸引著鋼鐵，月亮只吸引著海潮。

你能擇友，則你的朋友將加倍地寶貴你的友情。

不要只想你能從朋友那裡得到什麼，也要想你的朋友能從你這裡得到什麼。

肯耕種的才有收穫，能貢獻的才配接受。

友誼是寧神藥，是興奮劑。

使你墮落、消沉的，不是你的好朋友。同時也要警惕，你是否在使你的朋友奮興、向上？

友誼是大海中的燈塔，沙漠裡的綠洲。

當你的心帆飄流於「理」「欲」的三叉江口，波濤洶湧，礁石嶙峋，你要尋望你朋友的一點隱射的靈光，來照臨，來指引。當你顛頓在人生枯燥炎熱的旅途上，你的辛勞，你的擔負，得不到一些酬報和支持的時候，你要奔憩在你朋友的亭亭綠蔭之下，就飲於蕩滌煩穢的甘泉。

古人有句說：「最難風雨故人來」，不但氣候上有風雨，心靈上也有風雨！

你的心靈曾否走失於空山荒野之中，風吹雨打，四顧茫茫，忽然有你的朋友，開啟了「同情」的柴扉，延請你進入他「愛」的茅廬，卸去你勞苦的蓑衣，拭去你臉上的淚雨，而把你推坐在「友情」的溫暖爐火之前。

同時你也常常開著同情的心門，生起友愛的爐火，在屋前瞭望。

友誼中只有快樂，只有慰安，只有奮興，只有連結。

友誼中雖然也有痛苦，古人的詩文中，不少傷逝惜別之句，然而友誼是不死的，友誼是不因離別而斷隔的。「海內存知己，天涯若比鄰」「得一知己，可以無恨」，這痛苦裡是沒有「寂寞」的，因為我們已經享有了那些朋友的友情！「寂寞」心靈上的孤獨，才是世界上最可怕的東西！

小朋友，在人生路上，我們雖然是孤身啟程，而沿途卻逐漸加入了許多同行的好伴，形成了一個整齊的隊伍，並肩攜手，載欣載奔，使我們克服了世路的險峻崎嶇，忘卻了長行的疲乏勞頓，我們要如何感謝人世間有這一種關係，這一段因緣？

願你們永遠是我的好朋友，假如我配，就請你們也讓我做你們的好朋友。

冰心

一九四二年十二月二十二日，重慶

通訊三

親愛的小朋友：

昨夜還看見新月，今晨起來，卻又是濃陰的天！空山萬靜，我生起一盆炭火，掩上齋門，在窗前桌上，供上臘梅一枝、名香一炷、清茶一碗，自己扶頭默坐，細細地來憶念我的母親。

今天是舊曆臘八，從前是我的母親憶念她的母親的日子，如今竟輪到我了。母親逝世，今天整整十三年了，年年此日，我總是出外排遣，不敢任自己哀情的奔放。今天卻要憑著「冷」與「靜」，來細細地憶念我至愛的母親。

十三年以來，母親的音容漸遠漸淡，我是如同從最高峰上，緩步下山，但每一駐足回望，只覺得山勢愈巍峨，山容愈靜穆，我知道我離山愈遠，而這座山峰，愈會無限度地增高的。

激蕩的悲懷，漸歸平靜，十幾年來涉世較深，閱人更眾，我深深地覺得我敬愛她，不只因為她是我的母親，實在因為她是我平生所遇到的最卓越的人格。

她一生多病，而身體上的疾病，並不曾影響她心靈的健康。她一生好靜，而她常是她周圍一切歡笑與熱鬧的發動者。她不曾進過私塾或學校，而她能欣賞舊文學、接受新思想，她一生沒有過多餘的財產，而她能急人之急、周老濟貧。她在家是個嬌生慣養的獨女，而嫁後在三四十口的大家庭中，能敬上憐下，得每一個人的敬愛。在家庭布置上，她喜歡整齊精美，而精美中並不顯出驕奢。在家人衣著上，她喜歡素淡質樸，而質樸裡並不顯出寒酸。她對子女婢僕，從沒有過疾言厲色，而一家人都翕然地敬重她的言詞。她一生在我們中間，真如父親所說的，是「清風入座，明月當頭」，這是何等有修養、能包容的偉大的人格呵！

十幾年來，母親永恆地生活在我們的憶念之中。我們一家團聚，或是三三兩兩地在一起，常常有大家忽然沉默的一剎那，雖然大家都不說出什麼，但我們彼此曉得，在這一剎那的沉默中，我們都在痛憶著母親。

我們在玩到好山水時想起她，讀到一本好書時想起她，聽到一番好談話時想起她，看到一個美好的人時，也想起她——假如母親尚在，和我們一同欣賞，不知她要發怎樣美妙的議論？要下怎樣精確的批評？我們不但在快樂的時候想起她，在憂患的時候更想起她，我們愛惜她的身體，抗戰以來的逃難、逃警報，我們都想假如母親仍在，她脆弱的身軀，決受不起這樣的奔波與驚恐，反因著她的早逝，而感謝上天。但我們也想到，假如母親尚在，不知她要怎樣熱烈，怎樣興奮，要給我們以多大的鼓勵與慰安——但這一切，現在都談不到了。

在我一生中，母親是最用精神來慰勵我的一個人，十幾年「教師」「主婦」「母親」的生活中，我也就常用我的精神去慰勵別人。而在我自己疲倦、煩躁、頹喪的時候，心靈上就會感到無邊的迷惘與空虛！我想：假如母親尚在，縱使我不發一言，只要我能倚在她的身旁，伏在她的肩上，閉目寧神在她輕輕的摩撫中，我就能得到莫大的慰安與溫暖，我就能再有勇氣、再有精神去應付一切，但是：十三年來這種空虛，竟無法填滿了，悲哀，失母的悲哀呵！

一朵梅花，無聲地落在桌上。香盡，茶涼！炭火也燒成了灰，我只覺得心頭起栗，站起來推窗外望，一片迷茫，原來霧更大了！霧點凝聚在松枝上。千百棵松樹，千萬條的松針尖上，挑著千萬顆晶瑩的淚珠……

恕我不往下寫吧，有母親的小朋友，願你永遠生活在母親的恩慈中。沒有母親的小朋友，願你母親的美華永遠生活在你的人格裡！

你的朋友冰心

一九四三年一月三日，歌樂山

通訊四

親愛的小朋友：

一位從軍的小朋友，要我談生命，這問題很費我思索。

我不敢說生命是什麼，我只能說生命像什麼。

生命像向東流的一江春水，它從最高處發源，冰雪是它的前身。它聚集起許多細流，合成一股有力的洪濤，向下奔注，它曲折地穿過了懸岩削壁，沖倒了層沙積土，挾卷著滾滾的沙石，快樂勇敢地流走，一路上它享樂著它所遭遇的一切。

有時候它遇到巉岩前阻，它憤激地奔騰了起來，怒吼著，迴旋著，前波後浪地起伏催逼，直到它湧過了，沖倒了這危崖，它才心平氣和地一瀉千里。

有時候它經過了細細的平沙，斜陽芳草裡，看見了夾岸紅豔的桃花，它快樂而又羞怯，靜靜地流著，低低地吟唱著，輕輕地度過這一段浪漫的行程。

有時候它遇到暴風雨，這激電、這迅雷，使它心魂驚駭，疾風吹卷起它，大雨擊打著它，它暫時渾濁了、擾亂了，而雨過天晴，只加給它許多新生的力量。

有時候它遇到了晚霞和新月，向它照耀，向它投影，清冷中帶些幽幽的溫暖：這時它只想憩息，只想睡眠，而那股前進的力量，仍催逼著它向前走……

終於有一天，它遠遠地望見了大海，呵！它已到了行程的終結，這大海，使它屏息，使它低頭。她多麼遼闊，多麼偉大！多麼光明，又多麼黑暗！大海莊嚴地伸出臂兒來接引它。它一聲不響地流入她的懷裡。它消融了，歸化了，說不上快樂，也沒有悲哀！

也許有一天，它再從海上蓬蓬的雨點中升起，飛向西來，再形成一道江流，再沖倒兩旁的石壁，再來尋夾岸的桃花。

然而我不敢說來生，也不敢信來生！

生命又像一棵小樹，它從地底裡聚集起許多生力，在冰雪下欠伸，在早春潤濕的泥土中，勇敢快樂地破殼出來。它也許長在平原上，岩石中，城牆裡，只要它抬頭看見了天，呵，看見了天！它便伸出嫩葉來吸收空氣，承受日光，在雨中吟唱，在風中跳舞。它也許受著大樹的蔭遮，也許受著大樹的覆壓，而它青春生長的力量，終使它穿枝拂葉地掙脫了出來，在烈日下挺立抬頭！

它過著驕奢的春天，它也許開出滿樹的繁花，蜂蝶圍繞著它飄翔喧鬧，小鳥在它枝頭欣賞唱歌，它會聽見黃鶯清吟、杜鵑啼血，也許還聽見梟鳥的怪嗥。

它長到最茂盛的中年，它伸展出它如蓋的濃蔭，來蔭庇樹下的幽花芳草，它結出纍纍的果實，來呈現大地無盡的甜美與芳馨。

秋風起了，將它的葉子，由濃綠吹到緋紅，秋陽下它再有一番的莊嚴燦爛，不是開花的驕傲，也不是結果的快樂，而是成功後的寧靜的怡悅！

終於有一天，冬天的朔風，把它的黃葉幹枝，卷落吹抖，它無力地在空中旋舞，在根下呻吟。大地莊嚴地伸出手兒來接引它，它一聲不響地落在她的懷裡。它消融了，歸化了，它說不上快樂，也沒有悲哀！

也許有一天，它再從地下的果仁中，破裂了出來，又長成一棵小樹，再穿過叢莽的嚴遮，再來聽黃鶯的歌唱。

然而我不敢說來生，也不敢信來生。

宇宙是一個大生命，我們是宇宙大氣中之一息。江流入海，葉落歸根，我們是大生命中之一葉，大生命中之一滴。

在宇宙的大生命中，我們是多麼卑微，多麼渺小，而一滴一葉，也有它自己的使命！

要知道：生命的象徵是活動，是生長，一滴一葉的活動生長，合成了整個宇宙的進化運行。

要記住：不是每一道江流都能入海，不流動的便成了死湖；不是每一粒種子都能成樹，不生長的便成了空殼！

生命中不是永遠快樂，也不是永遠痛苦，快樂和痛苦是相生相成的。等於水道要經過不同的兩岸，樹木要經過常變的四時。

在快樂中我們要感謝生命，在痛苦中我們也要感謝生命。快樂固然興奮，苦痛又何嘗不美麗？我曾讀到一個警句，是：「願你生命中有夠多的雲翳，來造成一個美麗的黃昏。」（May there be enough clouds in your life to make a beautiful sunset.）

世界，國家和個人生命中的雲翳，沒有比今天再多的了。

小朋友，我們願不願意有一個成功後快樂的回憶，就是這位詩人所謂之「美麗的黃昏」？

祝福你的朋友冰心

一九四四年十二月一日，雨夜，歌樂山

再寄小讀者（二）

通訊一

似曾相識的小朋友們：

先感謝《人民日報》副刊編輯的一封信，再感謝中國作協的號召，把我的心又推進到我的心窩裡來了！

二十幾年來，中斷了和你們的通訊，真不知給我自己帶來了多少的慚愧和煩惱。我有許多話、許多事情，不知從何說起，因為那些話、那些事情，雖然很有趣、很動人，但卻也很零亂、很片斷，寫不出一篇大文章，就是寫了，也不一定就是一篇好文章，因此這些年來，從我心上眼前掠過的那些感受，我也就忍心地讓它滑出我的記憶之外，淡化入模糊的煙霧之中。

在這不平常的春天裡，我又極其真切，極其熾熱地想起你們來了。我似乎看見了你們漆黑發光的大眼睛，笑嘻嘻的通紅而略帶靦腆的小臉。你們是愛聽好玩有趣的事情的，不管它多麼零碎，多麼片斷。你們本來就是我寫作的物件，這一點是異常的明確的！好吧，我如今再拿起這支筆來，給你們寫通訊。不論我走到哪裡，我要把熱愛你們的心，帶到那裡！我要不斷地寫，好好地寫，把我看到聽到想到的事情，只要我覺得你們會感到興趣，會對你們有益的，我都要儘量地對你們傾吐。安心地等待著吧，我的小朋友！

自從決心再給你們寫通訊，我好幾夜不能安眠。今早四點鐘就醒了，睜開眼來是滿窗的明月！我忽然想起不知是哪位古詩人寫的一首詞的下半闋，是：「卷地西風天欲曙，半簾殘月夢初回，十年消息上心來。」就是說：在天快亮的時候，窗外刮著卷地的西風，從夢中醒來看見了淡白的月光照著半段窗簾；這裡「消息」兩個字，可以當作「事情」講，就是說，把十年來的往事，一下子都回憶起來了！

小朋友，從我第一次開始給你們寫通訊算起，不止十年，乃是三十多年了。這三十多年之中，我們親愛的祖國，經過了多大的變遷！這變遷是翻天覆地的，從地獄翻上了天堂，而且一步一步地更要光明燦爛。我們都是幸福的！我總算趕上了這個時代，而最幸福的還是你們，有多少美好的日子等著你們來過，更有多少偉大的事業等著你們去做呵！

我在枕上的心境，和這位詩人是迥不相同的！雖然也有滿窗的明月，而窗外吹拂的卻是和煦的東風。一會兒朝陽就要升起，祖國方圓九百多萬平方公里的土地上，將要有六億人民滿懷愉快和信心，開始著和平的勞動。小朋友們也許覺得這是日常生活，但是在三十年前，這種的日常生活，是我所不能想像的！

我鼻子裡有點發辣，眼睛裡有點發酸，但我決不是難過。你們將來一定會懂得我這時這種興奮的心情的——這篇通訊就到此為止吧，讓我再重複初寄小讀者通訊一的末一句話：

「我心中莫可名狀，我覺得非常的榮幸！」

你的朋友冰心

一九五八年三月十一日，北京

注：本篇最初發表於一九五八年三月十八日《人民日報》，後收入小說、散文、詩歌合集《小桔燈》。

通訊二

親愛的小朋友：

今年一月，我剛從埃及歸來，趁我記憶猶新，來對小朋友說一些埃及的印象。

我們到埃及去，走的是北路，就是從北京坐飛機，經過蒙古人民共和國、蘇聯、捷克斯洛伐克，最後到達埃及的首都開羅。在這裡我想插一句話，世界局勢發展得多快，在我回來後不到三個星期，埃及和敘利亞，已經聯合組織了一個橫跨亞非兩洲的新國家阿拉伯聯合共和國了！這是中東阿拉伯人民，在反對殖民主義、爭取民族獨立的願望上，有了進一步的團結，這也是世界和平力量進一步發展的里程碑！

我們一路從機窗下望，都是冰天雪地、瑩白照眼，可是一到達開羅的上空，就是晴天萬里，下面是長長的河道，支流四出，兩旁是整齊翠綠的田野，一簇簇的密集的淡灰色的農舍，田壟上排列著一行一行的高大的棗椰樹。但是在這河畔地區以外，就是茫茫無際的黃沙，濃綠淡黃，成一個鮮明的對照！

這一條長長的河道，就是世界聞名的尼羅河，是埃及境內的唯一的天然河流。

埃及在非洲的東北角，在北緯二十二度至三十二度，東經二十四度至三十七度之間，氣候炎熱，雨量極少，所以尼羅河也是他們唯一的灌溉泉源。埃及人民親切地稱尼羅河為「尼羅河爸爸」，就是這個緣故。

這使我想起二十幾年前，我在義大利首都羅馬的梵蒂岡教皇城的博物館裡，看見了一座尼羅河的雕像。在這裡，尼羅河是一位慈祥的老人，他右臂斜倚著獅身人面像，側臥在地上，旁邊堆著一朶高高的麥穗和葡萄。最生動的是他的身上、身邊，爬滿圍滿了許多活潑嬉笑的、赤裸裸的小孩子！有的站在他的肩上，有的騎在他的臂上，有的坐在他身旁的麥堆上，有的三三兩兩地和他身邊河水裡的鱷魚撩撥嬉戲。這雕像給我的印象很深，但我決沒有意識到，埃及的沙漠地區，占到全國境的百分之九十六，也不知道埃及的雨量少到：簡單的農舍，不用蓋屋頂，只用高粱稈遮遮就行。當我看到聽到這些現象的時候，我對於尼羅河，也不禁熱愛了！

我們在埃及境內，曾作過短期的旅行，就是坐火車往南走，一路沿著尼羅河，溯流而上。眼前旋轉過去的，是潤濕的田地，茂盛的莊稼，和裹著頭巾穿著長袍的男男女女，鋤地的，車水的，放羊的，趕驢的……同時也看見了道旁的農舍，屋子都像我們南方的「天井」一樣，有窗有門，卻沒有屋頂。那時正是冬天，白日陽光滿室，夜裡頂著月亮和星星睡覺，空氣清新，一定是十分舒暢的。

這在我是極其新鮮的事，但心裡還轉不過彎來，我問同行的埃及朋友：「夏天在屋頂蓋上高粱稈，當然可以擋住炎熱的太陽，但是恐怕擋不著大雨和久雨；萬一，萬一要下大雨，下久雨呢？」她笑了，說：「你過慮了，我們這裡除了沿地中海一帶，雨量較多之外，就是一萬個，一萬個也不下大雨和久雨！」

聰明勇敢的埃及人民，知道除了倚靠他們的「尼羅河爸爸」之外，還得不斷地和氣候土壤作艱苦的鬥爭，向大自然索取糧食。現在他們的興修水利，開發沙漠的工作，正在廣泛地展開。祝福他們吧，可愛的尼羅河的優秀兒女！

別的下封信再談，祝你們三好！

你的朋友冰心

一九五八年三月十五日，北京

注：本篇最初發表於一九五八年三月二十五日《人民日報》，後收入小說、散文、詩歌合集《小桔燈》。

通訊三

親愛的小朋友：

三月八日那一天，我到十三陵水庫工地上，參加了幾個小時的勞動，覺得有說不盡的興奮和愉快。

十三陵在京郊昌平縣的東北邊，是明朝京都北遷以後的十三代帝王的陵墓所在地，南面有溫榆河穿過，三面是山，風景優美。但是每到夏雨時節，山洪就順著這個大山環裡的幾條山溝，奔騰下泄，勢如巨濤。溫榆河兩岸的人家和田地，常常被大水淹沒。從前的統治王朝，只顧給自己在半山坳裡，蓋起高大的陵墓祭殿，也只在這些陵墓祭殿的四圍，種起蔥蘢的樹木，對於山下人家，蒙受水患的疾苦，是漠不關心的！

人民做了自己的主人，一切都變了！昌平人民在政府的補助下，群眾的支援下，從今年一月二十一日開始，自己動手來修建十三陵水庫。他們計畫在大山環的出口東山口，修起一道攔河壩，把山洪蓄在七丈多深的水湖裡。這水湖的面積，相當於頤和園昆明湖的三倍。在大壩的西邊，還要蓋一座水力發電站，在每年灌溉的時期，可以用水力發電。將來這裡是：良田千頃，綠樹成蔭，水面鴨游，水中魚躍，小朋友們還可以成群結隊地到這裡來露營，爬山，遊覽；這生活該是何等的快樂美好！

這座水庫必須在六月雨季以前完工，因此，這工地上，每天每夜都有幾萬人在流汗苦幹，和洪水賽跑，而且人流已經趕在河流的前頭！我在這裡，只做一點輕微的勞動，但是往前望，往後看，三面山腰和一望無際的沙地上，都有一群一群的人們，在緊張地推車挑土，遠遠的一面一面小小的紅旗，在和風中飄揚！想到三個月後，這裡將是水湖的中心，在這萬馬奔騰的勞動幹勁裡，我也能盡到自己微薄的一分，使我慚愧而又喜悅。我要暫時離開祖國，為期大概兩三個月，等到我歸來時節，這裡已是一片湖光了。聽說小朋友們最近也要到湖邊去種樹，我想那時你們種的樹木，也已經綠葉扶疏了。集體的勞動，創造出多麼美麗快樂的一個世界呵！

這兩天來，風柔雲薄，這種釀花天氣，中國話叫做「春陰」，日本話叫做「花曇」。花曇一過，日本各處就開遍了櫻花。我們這裡也是漾出晴光，就是柳葉舒青，杏花怒放了！春陰的天氣，總使我有說不出的期待的歡樂，如同坐在舞臺前面，電燈熄滅的一剎那頃，我們滿懷快樂地在等待，等待這幕布一開，臺上現出神話般五彩輝煌的仙境……你們也有這樣的感覺嗎？

你們看到這封信的時候，我已經在風光明媚的義大利了，旅途中如有工夫，一定再給你們寫信。祝你們春天快樂！

你的朋友冰心

一九五八年三月二十日，北京

注：本篇最初發表於一九五八年四月七日《人民日報》，後收入小說、散文、詩歌合集《小桔燈》。

通訊四

親愛的小朋友：

自從三月二十一日離開祖國，時間不過十多天，在我彷佛已經過了多少年月！一來是這十多天之中，我們已經飛躍過好幾個亞洲和歐洲的國家；二來是祖國的進步，一日千里。這十多天之中，不知又發現了多少新的資源，增多了多少個發明創造！這一切，都使國外的「遊子」，不論何時想起，都有無限的興奮！

歐洲本是我舊遊之地，沒有什麼特別新鮮的感覺，現在只挑出途中最突出的奇麗的景物，來對小朋友們說一說。

首先是三月二十四日黃昏，從瑞士坐火車到義大利的一段，一路沿著阿爾卑斯山腳蜿蜒行來，山高接天，白雪皚皚，山頂上懸著一鉤淡黃色的新月。火車飛速前進，窗外轉過的一座雪山接著一座雪山，如同一架長長的大理石的屏風，橫列在我們的眼前！天色漸漸地暗了下來，高高的雪山上，零亂地出現了星星點點的桔紅色的燈光，一片清涼之中，給人以無限的溫暖的感覺。

二十五日一覺醒來，我們已深入義大利的國境了。

義大利是南歐一個富有文化而又美麗的國家，它的地形，像一隻伸入地中海的靴子，三面臨海，氣候溫和。在瑞士山中還是雪深數寸的時候，這裡的田野上已是桃李花開了！我們先到達義大利的京城羅馬。這是一座建在七座小山上的古城，街道高低起伏，到處可以看見古羅馬的遺跡，頹垣斷柱，雜立於現代建築之間。街道上轉彎抹角，到處還可以看見淙淙的噴泉，泉座上都有神、人、魚、獸的雕像，在片片光影之中，栩栩如生。

二十六日晨我們到了義大利西海岸的那坡里城，這也是一座很美麗的海邊城市。但是我要為小朋友描述的，卻是離那坡里四十里遠的旁貝，那是將近兩千年前，被火山噴發的熔岩和熱塵所掩埋的古城。在一八六〇年以後，才被發掘出來的。

背山臨海的旁貝城，在紀元前六世紀我們春秋戰國的時候就已經建立起來了。到了紀元前八十年我們的漢代——這裡成為羅馬貴族豪門的別墅區，人口多至兩萬五千人。紀元後七九年的八月，城後的維蘇威火山，忽然爆發了！漫天的灼熱的灰塵，和噴湧的沸騰的熔岩，在兩三日之中，將這座豪華的市鎮，深深地封閉了。大多數居民幸得突圍而出，而老、弱、囚犯，葬身於熱塵火海之中的，至少還有兩千人左右。

我們在廢墟上巡禮：這裡的房舍，絕大部分，都沒有屋頂了，只有根根的斷柱，和扇扇的頹垣，矗立於陽光之下！石塊鋪成的道路，還有很深的車轍的痕跡。這市上有廣場，有神廟，有大廳，有法院，有城堡……街道兩旁還有酒店和浴堂。酒店裡遺留著一排一排的陶製的酒缸；浴堂裡有大理石砌成的冷熱浴池、化粧室、按摩床，牆上還有石雕和壁畫。屋宇尤其講究：院裡有噴泉，有雕像，層層的居室裡，都有紅黃黑三色畫成的壁畫，鮮豔奪目！後花園也很寬大，點綴的石像也很多，想當年花木蔥蘢的時節，景物一定很美。最使我感到驚奇的，就是這些房屋裡，已經有鉛製的水管和水龍頭。導遊的人告訴我，旁邊的水道，是直通羅馬的。

這裡的博物院裡，還看到發掘出來的，很精緻的金銀陶瓷和玻璃製成的日用器皿，以及金珠首飾。此外還有人獸的殘骸，形狀扭曲，可以想見臨死前的掙扎和痛苦。

小朋友，上面的幾段，是陸續寫成的，中間已經過義大利南部和西西里島的幾個城市。沿途的海景，是描寫不完的；而最難描述的，還是義大利人民對於中國的熱愛和嚮往！我們到處受到最使人感動的歡迎，尤其是在中小城市，工農群眾的款待，最為真摯而熱烈！一束一束的遞到我們手裡的鮮花，如玫瑰，石竹，鬱金香……替他們說出了許多話語。在群眾的集會上，向我們獻花的，都是最可愛的義大利小朋友。從他們嘴裡叫出的「友誼」和「和平」，那清脆的聲音，幾乎是神聖的，使我們不自主地湧上了感動的眼淚！

我們在昨天又渡海回到義大利本土，沿著地圖上的靴尖、靴跟，直上到東海岸的巴厘城。今夜又要回到羅馬去了。趁著一天的訪問日程還沒有開始，面對著窗外晨光熹微的大海，和輕盈飛掠的海鷗，給小朋友們寫完這一封信。我知道小朋友們是會關心我的旅程，而且是急待我的消息的，但是也請你們體諒到我們旅行的匆忙！外面有人在敲門，這信必須結束了，我的心永遠和你們在一起，深深地祝福你們！

你的朋友冰心

一九五八年四月四日，義大利，巴厘城

注：本篇最初發表於一九五八年四月二十三日《人民日報》，後收入小說、散文、詩歌合集《小桔燈》。

通訊五

親愛的小朋友：

在上一封信中，我曾提到了西西里島的訪問。這個島我從前沒有到過，因此我對它的印象也最深。這個被稱為義大利靴尖上的足球的西西里，面積有兩萬五千平方公里，居民在五百萬以上。在這裡的一段旅程，我們和海結了不解之緣！我們住的旅館，都是面臨大海的，我們和義大利朋友聚餐的飯店，也都挑選海邊名勝之地；枕上聽得見鷗鳴和潮響，用飯的時候，彷彿也在啖咽著蔚藍的水光。一路乘車，更是沿著迂回的海岸，一眼望去，不是無際的平沙，就是嶙峋的礁石，上面還有聳立的碉堡，而眼前一片無邊的海水，更永遠是反映著空闊的天光，變幻無極，儀態萬千，海水是很藍的；在晴朗的天空之下，更是像古詩上所說的：「水如碧玉山如黛」，光豔得不可描畫！那顏色是一層一層的，遠處是深藍，稍近是碧綠，遇有溪河入海處，這一層水色又是微黃的。唐詩有：「一道殘陽鋪水中，半江瑟瑟半江紅。」這兩句寫得極好，因為它不但寫出斜陽，連江上的微風，也在「瑟瑟」兩字中，表現出來了！

車窗的另一面，不是長著碧綠莊稼的整齊田地，便是長著上千盈百的杏樹、桃樹、桔柑樹、橄欖樹的山坡上的果園。陌上花開，風景如畫。在這片豐饒美麗的土地上的居民，是使人豔羨的！

但是，昨天早晨，我在翻閱羅馬「中東和東方學院」送給我們的一本義大利攝影畫冊，讀到上面的序言，裡面有：西西里島，四面被地中海所圍抱，也被希臘人、腓尼斯人、撒拉遜人聚居過，被德國人、法國人、西班牙人佔領過……西西里島上，曾是羅馬帝國的軍隊骨幹的農民，失去了他們的自由，在重利盤剝之下，他們失了土地，又被招募成為一支無地產的農奴隊伍。地主住在城市裡，只在夏天，才到他的田莊上來避暑，朝代更迭，土地易主，而直到今天，在義大利土地上辛苦勞動的，都不是土地的主人！這是多麼悲慘的境遇！這個義大利靴尖上的足球，在外來的統治者腳上，踢來踢去，雖然在文化藝術上遺留了些精美的宮殿教堂的建築，裡面都有最精緻的寶石嵌鑲的圖案，和顏色鮮豔、神態如生的壁畫，而當地的農民生活，卻永遠停留在半封建半開化的狀態之中。「四海無閒田，農夫猶餓死」的慘狀，在這裡是還存在的！

在羅馬的一個晚餐會上，義大利最著名的詩人卡羅・勒維坐在我的旁邊。他滔滔不斷地告訴我，在義大利南部，尤其是西西里一帶，農民過著受壓迫被剝削的生活。義大利北部的工業，是比較發達的，而南部的資源，卻從未被開發過，於是南部饑餓失業的隊伍，就成群地被招送到北方去作工，痛苦流離，成了他們千百年來的命運！

當詩人說這些話的時候，神情是激動的，眼光是悲憤的，使我的回憶中的西西里的水光山色，蒙上了一層陰沉的暗影！我又回憶到在島上的一個小市鎮巴格里亞的農民歡迎會上，另一位詩人卜提達，向我們致了最熱烈的歡迎詞。卜提達是巴格里亞市窮苦人民的兒子，他用西西里方言寫詩，強烈地揭露了當地人民的黑暗生活。他送給我一本他的詩集：《麵包就是麵包》的法文譯本，上面有卡羅•勒維寫的序，說卜提達以鋼鐵般的堅強洪壯的聲音，叫出了島上人民的不幸。可惜我不懂得法文，只好等將來請人讀給我聽了。

廣大的人民是廣闊的天空，人民的詩人就該像天空下透明的大海，它永遠忠實地反映出天空的明暗陰晴，呼叫出人民的苦樂和希望。這樣，他的詩裡才有顏色，才有感情。勒維和卜提達都是大海般的詩人，我們應該向他們學習。

今天是復活節，一早醒起，就聽到從四面傳來的悠揚而嘹亮的鐘聲。羅馬城裡，大大小小有五百多座教堂；登高望時，金色、綠色、灰色的圓頂，在叢樹中層層隱現。這幾天來，羅馬街上，尤其是商店的櫥窗裡，洋溢著節日的氣氛，金彩輝煌的巧克力做成的大雞蛋，到處都是。今天上午出去走了一走，因為明天要到佛勞倫斯去，先給你們發出這封信，羅馬的古跡，等以後再談吧！

今夜羅馬大雷雨，電光閃閃，雷聲大得像巨炮一般。現在祖國已是早晨，小朋友正走在上學的路上，向你們珍重地說聲早安吧！

你的朋友冰心

一九五八年四月六日，義大利，羅馬

注：本篇最初發表於一九五八年五月六日《人民日報》，後收入小說、散文、詩歌合集《小桔燈》。

通訊六

親愛的小朋友：

四月十二日，我們在微雨中到達義大利東海岸的威尼斯。

威尼斯是世界聞名的水上城市，常有人把它比作中國的蘇州。但是蘇州基本上是陸地上的城市，不過城裡有許多河道和橋梁。威尼斯卻是由一百多個小島組成的，一條較寬的曲折的水道，就算是大街，其餘許許多多縱橫交織的小水道，就算是小巷。三四百座大大小小的橋，將這些小島上的一簇一簇的樓屋，穿連了起來。這裡沒有車馬，只有往來如織的大小汽艇，代替了公共汽車和小臥車；此外還有黑色的、兩端翹起、輕巧可愛的小遊船，叫做Gondola，譯作「共渡樂」，也還可以諧音會意。

這座小城，是極有趣的！你們想像看：家家戶戶，面臨著水街小巷，一開起門來，就看見蕩漾的海水和飛翔的海鷗。門口石階旁邊，長滿了厚厚的青苔，從石階上跳上公共汽艇，就上街去了。這座城裡，當然也有教堂，有宮殿，和其他的公共建築，座座都緊靠著水邊。夜間一行行一串串的燈火，倒影在顫搖的水光裡，真是靜美極了！

威尼斯是義大利東海岸對東方貿易的三大港口之一，其餘的兩個是它南邊的巴厘和北邊的特利斯提。在它的繁盛的時代，就是西元後十三世紀，那時是中國的元朝，有個商人名叫馬可波羅曾到過中國，在揚州做過官。他在中國住了二十多年，回到威尼斯之後，寫了一本遊記，極稱中國文物之盛。在他的遊記裡，曾仔細地描寫過盧溝橋，因此直到現在，歐洲人還把盧溝橋稱作馬可波羅橋。

國際間的貿品，常常是文化交流的開端，精美的商品的互換，促進了兩國人民相互的愛慕與了解。和平勞動的人民，是歡迎這種「有無相通」的。近幾年來，中義兩國間的貿易，由於人為的障礙，大大地減少了。這幾個港口的冷落，使得義大利的工商業者，渴望和中國重建邦交，暢通貿易，這種熱切的呼聲，是我們到處可以聽到的。

這幾天歐洲的氣候，真是反常！昨天在帕都瓦城，遇見大雪，那裡本已是桃紅似錦、柳碧如茵，而天空中的雪片，卻是搓棉扯絮一般，紛紛下落。在雪光之中，看到融融的春景，在我還是第一次！

昨晚起雪化成雨，涼意逼人，現在我的窗外呼嘯著嗚嗚的海風，風聲中夾雜著悠揚的鐘聲；回憶起二十幾年前的初春，我也是在陰雨中遊了威尼斯，它的明媚的一面，我至今還沒有看到！今天又是星期六，在寂靜的時間中，我極其親切地想起了你們。住學校的小朋友們，現在都該回到家裡了吧？燈光之下，不知你們和家裡人談了些什麼？是你們學習的情況，還是奮進的計畫？又有幾天沒有看到祖國的報紙，消息都非常隔膜了。出國真不能走得太久，思想跟不上就使人落後！小朋友一定會笑我又「想家」了吧？同行的人都冒雨出去參觀，明天又要趕路，我獨自留下，抽空再寫幾行，免得你們盼望，遙祝你們好好地度一個快樂的星期天！

你的朋友冰心

一九五八年四月十二日夜，義大利，威尼斯

注：本篇最初發表於一九五八年五月二十一日《人民日報》，後收入小說、散文、詩歌合集《小桔燈》。

通訊七

親愛的小朋友：

昨天我們從義大利又回到瑞士，明天要出發到英國去了，三星期的義大利之遊，應當對你們作一個總結。

我們訪問了義大利的大小二十個城市，說一句總話，我實在喜歡義大利，首先是它的首都羅馬，和我們的北京一樣，是個美麗雄偉的首都。它的古老的建築，和博物館裡的雕刻、繪畫，以及出土的文物，都和北京的建築和博物館一樣，充分地呈現了它的勞動人民的驚人的智慧！關於義大利，將來有時間再詳細地述說，如今先舉出幾個最突出的印象，給小朋友們畫一個輪廓。

第一個是：歐洲人說，義大利是用石頭建造起來的，這是古義大利建築的一個特點。古義大利的教堂、宮殿、城堡、橋梁、街道……絕大部分都是用石頭蓋起鋪起的，至少是建築物外面都用的是石板、石片；仰頂和牆壁上都有各色花石寶石嵌鑲的人物；屋頂上、噴泉上和廣場上都有石像，一眼望去，給人一種堅潔清涼的感覺。義大利的美麗的建築，可描寫的真是太多了，我最喜歡的是比薩的斜塔、教堂和洗禮堂。這一簇簡潔、玲瓏而莊嚴的白石建築，相依相襯地排列在一角城牆的前面，使人看過永不會忘記！

第二個是：在義大利旅行，到處都離不了水。義大利的邊界，有四分之三與水為鄰，北部多山的地方，卻有許多大大小小美麗的湖泊。各個城市裡都有形形色色的噴泉，最奇麗的是羅馬郊外的提伏里泉園。這座泉園原是皇家別墅，建造在小山上，園裡大小有六千條噴泉，在山巔，在池上，在路旁……寬者如簾，細者如線，大的奔越下流，如同山間的瀑布，小的輕瑩上噴，如同火樹銀花，一片清輝交織之中，再聽到那「大珠小珠落玉盤」的大小錯落的泉聲，這個新奇的感受，也是使人永不忘記的！

但是，最使人不能忘卻的，是義大利的可愛的人民！他們是才氣橫溢，熱情奔放的；這表現在他們的天才的文藝創造上，科學的發明上；表現在他們為自由和獨立的鬥爭上；表現在對朋友的熱愛上。義大利人民把中國人民當作最好的朋友。他們關心我們、熱愛我們，他們認為我們的成就，就是他們的成就；我們的勝利就是他們的勝利；中國人民一寸一尺的進步，都給他們以莫大的鼓舞。當我們離開義大利的前夕，在他們的英雄城市都靈，我們被邀到一個群眾的集會。在這裡應當補述一下：都靈城是在一九四五年，在它自己人民的艱苦鬥爭之下，得到解放的。這次的鬥爭，人民游擊隊死亡的數目，在百分之四十七以上！我們曾到烈士墓前，獻過花束——這集會是在一個工人俱樂部召開的，會場上擠滿了熱情的男女老幼，臺上橫掛著「歡迎中國來賓」的中文標語（是義大利人自己寫的），長桌上擺滿了大大小小的酒杯。他們送給我們都靈市特產的蜜甜的巧克力糖，猩紅的玫瑰花，給我們滿滿地斟上香醇的都靈酒。他們的歡迎詞，是真摯而熱烈的。我們的每一句答詞，都得到春雷般的鼓掌與歡呼。在飲酒敘談的中間，都不斷地有群眾過來和我們握手擁抱，不斷地也有兒童們送上畫片，要求我們簽名談到義大利的兒童，他們真是可愛！他們是那樣的天真活潑，又是那樣的溫文有禮。在以後的通訊裡，我要對你們談一個義大利小姑娘所給我的深刻的印象。我們又在整裝待發之中。「且聽下回分解」吧！

我們在義大利的訪問，就在上述的高漲的熱潮中結束。回到旅館已是半夜，我久久不能入睡！國際間勞動人民的和平友誼，是世界持久和平的最鞏固的基礎。在亞洲，在非洲，在歐洲，我們已有了億萬的和平宮的建築工人，正在一磚一石地把屋基壘了起來。你們是我們的接班人，好好地繼續努力吧！

祝你們健康快樂。

你的朋友冰心

一九五八年四月二十一日，瑞士，波爾尼

注：本篇最初發表於一九五八年五月二十九日《人民日報》，後收入小說、散文、詩歌合集《小桔燈》。

通訊八

親愛的小朋友：

來到英國已經十天了，訪問的日程是忙逼的。我現在是在英國北部蘇格蘭首府的愛丁堡，一座旅館的窗前，時間已過半夜，樹影搖曳，滿月的銀光，射在我的信紙上，活潑而激越的蘇格蘭民歌的餘音，還在我耳邊蕩漾。趁著我睡不著的時間，來給我所惦念的小朋友寫幾個字。

在第二次世界大戰以前，一九三六年的冬天，我曾到過英國，那時只在倫敦住了一兩星期，在牛津和劍橋兩個大學作了很短的訪問。這次重來，走的地方較多，接觸的方面也較廣，有許多感想，真不知從哪裡說起——先從「一世之雄」的「大英帝國」說起吧！

英國大不列顛，是由大不列顛島北部的蘇格蘭，中南部的英格蘭，西部的威爾士，和愛爾蘭島北部一角組成的。這個位置在歐洲西北部大西洋中的島國，面積不過二十四萬多平方公里，而它卻佔有著比本土大過一百五十倍的殖民地！原因是：在它十七世紀時期的資產階級革命以後，十八世紀蘇格蘭工人瓦特又完成了蒸汽機的製造，從此英國進入工業革命後的大生產時期，林立的工廠，縱橫交錯的鐵路，往來如梭的船隻，使得「英國成了世界的工廠，世界成了英國的市場」！工商業的發展，海外貿易的發達，殖民地的侵佔，資本的積累，使它掌握了海上的霸權。三百年中，它巧取豪奪，從殖民地榨取了無限的財富，來建設和供養它的本土。因此在英國土地上，到處可以看見外面被煙霧熏得灰暗而裡面富麗堂皇的宮室、教堂、銀行等石頭建築；碧綠遼闊的、貴族地主的花園；近代化的華麗舒適的旅館、俱樂部；「大英帝國」的統治者，在這裡過著不勞而獲、窮奢極欲的生活！

第一次世界大戰以後，英國的海上霸權，逐漸轉移到美國手裡，它的經濟實力就開始動搖了。第二次世界大戰以後，亞洲和非洲的民族解放運動，更是風起雲湧，殖民地和半殖民地的國家，一個一個地獨立起來了。「大英帝國」在衰落解體之中，而英國廣大勞動人民和進步人士，卻堅持著在保衛和平、保衛勞動人民權利的鬥爭中，尋求正確而光明的出路！

以上是英國現在社會狀況的一個輪廓，如今我帶著小朋友，從倫敦起，遊覽一番吧。

倫敦是英國的首都，位置在泰晤士河入海處的兩岸，人口將近九百萬。這裡有許多高大的建築，平整的街道，但是我最欣賞的，是城裡散布著的幾個闊大的公園！西方的公園設計是：亭臺樓閣少（或者沒有），而樹木花卉多。一大片一大片綠油油的草地，一大堆一大堆蔥郁的樹木，草地邊緣種著各種各色鮮豔的花。這時正是春天，花園裡盛開著黃色的迎春，紫色的丁香，紅色的杜鵑……最爽心悅目的是紅紫黃白各色的鬱金香，一朵朵像玲瓏的寶石製成的杯盞一樣，在朝陽下承接著清露。樹下和路旁，都安放著長椅，老人們在椅子上休息、看報、織活，小孩子們在草地上奔走遊戲。中午下班的時候，更有許多職工人員，在草地上坐、臥、吃乾糧、晒太陽——這當然是在春天有陽光的日子，一般說來，倫敦的晴天比北京是少多了。

從倫敦一路往北走，坐汽車、坐火車，一路看見的也都是一綠無際的牧場和田野。英國雖然在緯度上和我們的黑龍江同一方位——北緯五十至六十度之間，只因它是海洋氣候，潮濕多雨，宜於綠化，積雪化後，下面露出的卻是綠絨絨的青草，因此在學校裡、鄉村中，到處都有一片一方的大草地，旁邊種些雜花。這種花園或草場，對於居民的遊息和健康，都有很大的好處。

蘇格蘭是田地少，牧場多。我們到了兩個城市，就是格拉斯哥和愛丁堡。我很喜歡愛丁堡！這座城依山傍海，人口不過五十萬，大街的設計是一邊樓屋，一邊花園，這樣顯得清曠而幽靜，郊外的山間有許多小湖。我們看見故宮山後的廣場上，張起幾十個彩色的帳幕，旗幟飄揚。據說蘇格蘭的礦工，照例在五月的第一個星期一，在這裡慶祝自己的節日。慶祝的節目中有遊行、跳舞、各種工人體育競賽、工人銅樂隊和管樂隊的競賽等等。可惜我們昨天晚上就走了，沒有能夠參加。

蘇格蘭的管樂隊是有名的，演奏者穿著民族服裝多褶的方格子短裙和長襪，長襪口上斜插一把小刀，腰間掛一個刻花的皮袋。他們演奏的常常是蘇格蘭最動人的民歌。談到蘇格蘭民歌，昨天晚上在格拉斯哥城，英中友好協會的歡迎會上，聽到許多首多半是十八世紀蘇格蘭詩人勃恩斯寫的。

勃恩斯是農民的兒子，蘇格蘭人民所最喜愛的詩人。他的詩都是用方言寫的，富於人民性、正義感，淳樸、美麗，音樂性也極強。當手風琴拉起，短笛吹起，歌唱家唱起，剛唱過一兩句，觀眾就會情不自禁地、眉飛色舞地和將起來，全場歡動，就這樣一首又一首地幾乎唱到夜半！今天晚上，有幾位蘇格蘭詩人約我在一個小酒館聚談，又談到民歌，正好隔座有幾個青年學生，正在低聲合唱，詩人們把其中一位少女，簇擁到我面前來，請她為我這遠客歌唱。她很羞澀地望著我，一面放開她的清脆柔婉的歌喉，不到一會兒，那幾個男女學生，以及許多客人，都圍了上來，有的高聲合唱，有的含笑靜聽，直到酒館關門的時間——夜裡十點鐘——我們還從門內移到門外，踏著皎潔的月光，在馬路邊的樹下，唱到半夜……

聽人家唱民歌，使我親切地回憶起許多我們自己的民歌，尤其是兄弟民族同胞所唱的，翻身的和歌頌毛主席的熱情奔放的民歌！回來一路在濃密的樹影中穿行，月亮大得很，街上是一片靜寂。今天又是五一節，這裡沒有放假，也沒有遊行，遙想祖國北京的天安門前，今夜正是燈月交輝，焰火燭天。小朋友，盡情地歡樂吧，你們是幸福的！

在腦海裡音樂浪潮的澎湃聲中，我向我的小朋友說一句熱情的晚安！

你的朋友冰心

一九五八年五月二日英國，愛丁堡

通訊九

親愛的小朋友：

我給你們寄的「通訊八」，是在英國蘇格蘭首府愛丁堡寫的，如今我又從蘇聯的首都莫斯科，給你們寫信。中間我曾訪問過英國南部的威爾斯和幾個大學，又到過瑞士，六月初回到祖國。十月初，我又參加了亞非國家作家會議的中國代表團，來到了蘇聯的烏茲別克共和國的首都塔什干。在塔什干開會的幾天，有許多很激動人心的事情，應該向小朋友報導一下，我想你們一定會喜歡聽的。

小朋友們知道，我們中國人民在一千多年以前，已經和亞非兩洲的人民，有了很親密的來往。兩洲的商人們彼此交易著精美的貨物，我們送出去的是：絲綢，茶葉，磁器，紙張……接受進來的是：象牙，香料，珠寶……這條橫穿過亞洲的交通大路，因為運送過大量的中國的美麗的絲綢，而被稱為絲綢大路。在這條絲綢大路上，一千多年來曾經走過來往不絕的車馬，和一串一串的昂頭緩步的駱駝。在東來西去的馬蹄聲，車輪聲，和駱駝的鈴鐸聲中，我們亞非各國的人民在路上相逢，在路邊歇馬涼亭裡，喝茶休息，高興地互相握手，互相問訊，交換著雙方國家裡一切貿易和文化的消息。這些人裡面，更有我們的學者和教徒，和各行業的專家，他們把中國造指南針、造火藥、造紙和印刷等等技術，傳到亞非各國去，也把亞非各國的算術、醫學、天文學等介紹到中國來。我們也交換著動植物的優良品種，像馬匹，葡萄，馬鈴薯，棉花……這頻繁廣泛的文化交流，大大地促進了我們雙方的文化的發展，和友誼的鞏固。因此，我們決不能容忍，在最近一百年來，帝國主義者以強暴的武力，來切斷我們的交流，破壞我們的文化！

作家們是替人民說話的，是把人民的心思寫出來給人民看的。亞非各國的作家們代表著人民的願望，在塔什干城歡聚暢談，是亞非歷史上的一件大事，它的影響和意義是很大的。

我們開會的地點，蘇聯的烏茲別克共和國，是在中亞細亞地區，它的首都塔什干城，本是絲綢大路邊的一個城市。我們是在十月四日，剛下過雨的一個黃昏到達的。從飛機上往下看，我們發現一個近代的城市，許多高大的樓屋和工廠的煙囪，矗立在濃密的樹林之中。下了飛機，我們立刻被引進了一個童話般的美麗的世界！這時太陽已經藏在陰雲的後面，塔什干的林蔭大道上，放出千千萬萬的五色的燈光，這一串一串的燈彩，有的橫掛在大道的上空，有的排成各國的文字「和平」。街市的廣場上，有用五色電燈照射的噴泉，路邊樹下種著各種各色的鮮花，玫瑰的花香，在清新的空氣中，更顯得強烈。塔什干的人民，笑容滿面，穿著節日的盛裝，戴著繡花的小帽，在路上和旅館門前，拍手歡迎著從遠方來的客人。

代表們居住的新塔什干旅館，是特為亞非作家會議而趕建起來的一座八層樓的建築，它正對著我們的會場那伐伊劇場。這兩處門前，日夜聚集著許多人，尤其是塔什干的小朋友們。他們總是笑嘻嘻地擁上前來，拿著小本請我們簽名，或是送給我們一件小小的禮物。從非洲來的，穿著鮮麗的服裝的代表們，更是常常受他們的包圍，在這時，這些代表們黝黑的臉上，就不自主地發出了喜愛的微笑，和快樂的光輝。

開會的情形，在此不能細說了。這一次會議包括將近四十個亞非國家和地區的一百八十多個代表，還有許多從世界各國來的觀察員。亞非作家們的願望是一致的，他們都代表著人民譴責了戰爭根源的殖民主義者，呼籲著亞非人民要更深地互相了解與團結，大家都表示要在自己創作崗位上，為這一個崇高的目的而努力。

會議開幕的這一天，塔什干的小學生們和少先隊員們，曾排隊給主席臺上的代表們獻花，他們在臺上朗誦著他們的祝賀和願望，當中有一句話說：「希望各國的作家叔叔和阿姨們，多多地給我們寫些故事，一些好的故事。」他們特別響亮地念出那個「好」字，臺上臺下的作家們都高興地笑了起來。是的，我們一定要寫些故事，尤其要寫得「好」，好來幫助我們渴望的熱情的小朋友們，精神百倍地去建設和平幸福的新社會。

這封信到此為止吧，祝小朋友們快樂進步！

你的朋友冰心

一九五八年十月二十九日，莫斯科

注：本篇最初發表於《兒童文學叢刊》一九五九年四月第四集，後收入小說、散文、詩歌合集《小桔燈》。

通訊十

親愛的小朋友：

在塔什干開過亞非國家作家會議以後，我們曾到烏茲別克共和國各地去參觀。我們參觀了三個集體農莊，一處油田，幾個工廠紡織廠、茶葉包裝廠等；還有幾個學校，從幼稚園直到大學。無論走到什麼地方，我們心中總是十分驚喜、十分激動！這裡本是有名的「饑餓的草原」，在社會主義革命以前，這裡還是一眼看不見邊的茫茫的黃沙，沒有青草，也沒有樹林。春天，山頂的積雪，融化成渾濁的山洪，沿著禿山危崖，翻滾而下，潛沒在流沙地裡，一會兒就看不見了，一陣風起，烈日下的黃沙，又在天空飛揚。在這裡，從前住著幾乎全部是文盲的人民，過著牛馬不如的奴隸式的生活。這些悲慘的景象和故事，幾乎不會使人相信了。我們現在所看到的，是多麼幸福美好的一幅圖畫呵！

我們在烏茲別克境內的參觀旅行，都是飛機來往。這裡的天空，永遠是晴朗的，從飛機上下望，看見的是：在丘陵和黃沙之間，不時有一簇一簇的綠樹，和一大片一大片的棉田，閃閃發光的河流，在棉田裡蜿蜒穿行。村莊和城市都是半現在蔥郁的樹林之中，街市像尺劃的一樣，極其齊整。飛機著地，我們坐著最新式的小臥車，進入城市，塔什干城不必說了，就像撒瑪爾汗、安集延、費爾迦納，也都不亞於我所看過的歐洲的城市，整個城建築在綠洲之中，濃密的樹蔭，伏蓋著寬廣的柏油路，伏蓋著高大的層樓，其中有公共機關，有書店，有劇場，有旅館，還有陳列著精美貨物的百貨商店。馬路中間種著各樣的繁花，最普通的是浮動著清香的各色的玫瑰。馬路上走著服裝整潔的男女老幼，上班的、上學的，個個臉上露出幸福的微笑，向著遠方來客，投射著親切的眼光！這便是從前的「饑餓的草原」和它的落後困苦的人民，十月革命的一聲炮響，給他們帶來了社會主義的優越制度，他們整個地翻了身了！

烏茲別克的人民，自豪地告訴我們說：「我們這裡，地上布滿了白金棉花，地下布滿了烏金石油。」我們參觀過安集延的自動化的油井，產量是每天五百噸。油區有十二公里長，十四公里寬，由七百公尺以外的調度室裡操縱的吸油機，一上一下地，散布在這廣大的丘陵上的二百五十個井口上，不停地操作。這「饑餓的草原」不但馴服地向勇敢的烏茲別克勞動人民，獻上豐富的石油，它也獻上了每年三百萬公擔的棉花（居蘇聯全國棉花產量的百分之六十）。談到棉花，我們看到的真是太多了，不但在綿延無際的棉田裡，而且在城市的廣場上，甚至於公路上，都鋪著一層厚厚的白雪一般的棉花！這正是晒棉花的季節，豐富的產量，使得廣大的晒棉場地都不夠用的了，快樂的農民只好借用了平坦而闊大的廣場和公路，我們的汽車也就快樂地讓出公路，而在土路上飛馳了！

我們默默地在吸取著羨慕著這一切，我們不但為烏茲別克人民眼前的幸福生活，感到高興，更為我們自己將來的幸福生活，感到無限的歡欣和鼓舞。烏茲別克的今天，就是我們西北地方的明天，而且是不遠的明天！只有在社會主義的優越制度下，才顯出勞動人民力量的偉大。在社會主義的創造熱情鼓舞下，人類發現了自己的偉大與尊嚴，他們團結起來，伸出千百萬雙粗壯的手臂，向冷漠的大自然，奪取自己的幸福生活。

在此，我遙望南方，向我們在祖國的柴達木，克拉瑪依，三門峽，劉家峽，甘肅，新疆，青海各地……興修農田水利和開發油井的男女青年們致敬！讓我們鼓足幹勁，迎頭趕上吧！

烏茲別克地方，可寫的豈止石油和棉花？他們還有比蜜還甜的葡萄和瓜果。提到瓜果，真是「口頰留芳」，留著和安集延大運河一塊兒描寫吧！

祝你們三好！

你的朋友冰心

一九五八年十一月二日，莫斯科

注：本篇最初發表於《兒童文學叢刊》一九五九年四月第四集，後收入小說、散文、詩歌合集《小桔燈》。

通訊十一

親愛的小朋友：

你們看到這封信的時候，已經到了六一兒童節了。我在這裡首先向你們獻上熱烈的祝賀！

六一節真是一個好日子！一年四季裡頭，就是五六月之交，天氣不冷不熱，穿上薄薄的衣服，身上顯得那麼輕快。至於我們的周圍呢，是樹木，是莊稼，都已經長得綠油油的了；是河水，是泉水，都流得嘩嘩地響；春天雖然過完了，可是有許多鮮豔的花在枝頭上開得正盛呢；頭上的天是藍藍的，當你跑著跳著的時候，和暖的風吹拂在臉上，你心裡覺得多麼快樂、痛快！

就在這一天，在這麼一個使人快樂高興的天氣裡，大家都特別想到你們，學校裡的老師，幼稚園、托兒所的阿姨，你們的父母，還有許許多多愛你們的人……對了，還有毛主席！沒有等到你們補充，我趕緊先說出來了！小朋友，一提到今天兒童的幸福生活，誰會把毛主席忘了呢？毛主席是最關懷最愛惜你們的呵！

話說回來吧，就是你們周圍的這些愛護你們的人，替你們預備下新的衣服或是鞋子，好玩的玩具，好吃的糖果；還帶你們去參加熱鬧的集會，去看專為你們演的電影、木偶戲、戲劇，去逛公園、動物園……還有許多我所沒看過，不知道的好玩有趣的事情。總而言之，我知道你們從五一節過後，就盼望著這一天，五月三十一號這一天晚上，一定是帶著滿心的快樂，把乾淨或是簇新的衣服鞋襪準備在床邊，才爬上床去睡覺的。在六一節這一天晚上，一定是又疲乏又興奮地抱著一本新圖書或是一件新的玩具，躺到床上去的。我想你們不會一下子就睡著了吧？因為在你們興奮的腦子裡，許多白天看到的光彩和活動的種種形象，還在走馬燈似的飛轉著呢！

小朋友，你們多麼幸福，除了一年到頭都有人關懷你們，愛護你們之外，大家都還在六月一號這一天，給你們安排下一個你們自己的節日，讓你們盡情地享樂，盡情地遊玩。今年的六一節過去了，明年的六一節又來了，仿佛是很容易似的。但是你們也許知道，在十年以前，中華人民共和國成立以前，我們就沒有這麼一個快樂的節日；不但沒有這麼一個節日，我們的兒童的生活，還很悲慘的呢！

我只舉一個例子：今年三月我到河南鄭州的時候，參觀了鄭州東北的東風水渠，和離渠頭六里的黃河邊上的花園口灌溉中心。談到花園口，我們必須先談到黃河：黃河是我們國家裡有名的一條害河，它的流量並不太大，但它常常決口，就是在春夏水大的時候，河裡的水常常把河堤漲裂了奔流出來，淹死許多人和牲畜，也損壞了許多房屋和莊稼。和我同去的一位老先生告訴我，說黃河又名懸河，原因是從山區和高原沖刷帶來的黃河水裡的泥沙，到了中原，水流一慢了就漸漸地沉積起來，這就使河床越來越高，河水就四散奔流，河兩旁的居民連忙築起水堤來防止它。千百年來，河床的泥沙愈積愈高，河水愈升愈高，水堤也愈加愈高，這道河水就像懸在空中的水溝一樣，成了一條最危險的害河！

在一九三八年，說來是二十年以前的事了，正是日本帝國主義者侵略我們的時候，他們從華北步步進逼，那時蔣介石所領導的國民黨腐朽政府，不但不能抵抗日寇的侵略，卻為了維持他們的統治，竟然以防止日軍前進為名，在花園口這地方扒開了大堤，像千萬頭狂奔的猛獸一樣的洪水，就湧進了河南、安徽、江蘇三省的六十四個縣的一千四百萬畝土地，淹死了八十九萬多人，房舍耕畜也一洗而空，造成了空前的使人怒髮衝冠的慘劇！

而今天呢，在我們的黨和親愛的毛主席的領導下，我們勤勞、勇敢、聰明的人民，破除了黃河大堤，建成了造福萬民的東風渠，把沙荒泥積的大地，變成了魚米花果之鄉。我們那天走過的時候，平坦的大路兩旁，樹木青翠，遠遠的麥田，整齊得像綠毯一樣，大路的北邊，積水成湖，在夕陽下放著金光，據說裡面養著幾十萬尾的魚。這裡不久要建成一座北湖公園，讓勞動人民和兒童們，在下工放學的時候，可以來划船遊息，這裡人民的生活將更加幸福美好……

在我們乘坐的大汽車，向著花園口灌溉中心飛馳的時候，經過一個大院子，仿佛是農村的幼稚園，大門敞開著，裡面坐著一圈穿著紅紅綠綠衣服的小朋友，遠遠望去，好像是一串美麗的花環！這景象一掠就過去了，但是這一串美麗的花環，給了我極深的印象。我想，多麼幸福的毛澤東時代的兒童！他們在二十年前還是人間地獄的花園口，今天過起了天上樂園的生活，他們不會知道二十年前這裡的兒童，是怎樣的痛苦；也不能想像為著他們今天幸福的生活，有多少革命烈士付出了鮮血和生命。

小朋友，你們的幸福生活，不是輕易地得來的，世界上也不是每一個兒童都像你們一樣的幸福。在我們國家裡，西藏的兒童，在叛亂平息之後，剛剛走上幸福的生活；臺灣的兒童，還在水深火熱之中。在資本主義國家裡，比如美國，還有許多兒童在失學，在挨餓，更不用說過快樂的兒童節了。祖國美好的將來，是我們大家的，更是你們的。你們的前輩替你們開出一條幸福的道路，你們也必須把這條道路開得更平坦、更寬闊，使你們的後代和世界上一切的兒童，都能過比你們還要幸福的日子。

小朋友，你們要怎樣做呢，就是要聽黨的話，聽老師、輔導員、父母的話，他們號召你們做的，是為了能使大家的生活更幸福更美好，使你們的心身鍛煉得更健壯。你們要好好地照他們的話去做，並且要做得很好，你們是我們的接班人，後人總比前人強，我相信你們在建設社會主義的事業上，一定會比我們做得更好。

好了，下次再談吧，祝你們節日快樂！

你的朋友冰心

一九五九年五月十一日，北京

注：本篇最初發表於《兒童時代》一九五九年六月一日出版的第十一號，後收入小說、散文、詩歌合集《小桔燈》。

通訊十二

親愛的小朋友：

今年七月一日，是我們中國共產黨成立三十八周年的日子，也就是我們親愛的黨三十八歲的生日。我們全中國的人民都在歡欣鼓舞地迎接這個偉大的生日，用自己出色的工作成績和學習成績，來向這個偉大的節日獻禮！

中國共產黨，自從他一誕生，就舉起一面迎風招展的革命紅旗，領導全國窮苦的、要求過自由幸福生活的人民，走上通向社會主義社會的大道。這三十八年的革命道路，是悠長而艱苦的！不知道有多少人，男的、女的、甚至於還有兒童，都為革命的偉大事業，貢獻出自己寶貴的生命！如今，不但是我們從前的受壓迫、受剝削、黑暗、落後的生活，已經成為過去；而且我們還在以飛躍的速度，向著自由幸福的生活邁進！這種生活在三十幾年前還是兒童的人們看來，幾乎是一個不能想像、不敢想望的幻夢，而在解放後十年中長大的，今天的小朋友看來，也許就會像時時刻刻可以享受到的清水和空氣一樣，是一件很平常的東西了。

時刻能喝到清水、呼吸到新鮮空氣的人們，不容易體會到清水和空氣的可貴，但是長年困處在汙濁、黑暗閉窒的地方的人，就會迫切地需求，大聲地呼喊，要求得到這些寶貴的東西，得到之後還要永遠珍愛著這些寶貴的東西。

這些日子，我和小朋友們一樣，心裡總在惦記著剛從黑暗、落後、殘酷的農奴制度下解放出來的西藏小朋友，想到他們已經永遠結束了他們苦難的童年，從今起開始仰望著迎面的陽光，走上平坦的和平勞動、自由建設的大道。我心裡真是為他們高興，更為著我們祖國大家庭裡的又一個姊妹兄弟，肩並肩地跨進了社會主義而高興。

我知道西藏的小朋友們，是更能體會到解放後的自由和快樂，而更加熱愛他們的恩人中國共產黨的。

他們怎能不感到痛快，「好像取下了壓在頭上的石塊那麼輕鬆」呢？他們從今起，再也不是萬惡的農奴主的私產了；他們的名字，再也不登記在農奴主的帳簿上了；他們再也不用帶著自己的耕畜和農具，去白白地替農奴主耕種了；他們再也不要忍受勞瘁的工作和慘酷的刑罰了；他們再也沒有還不清的債務和支不完的差役了……今天，在他們的周圍，都是愉快的臉，喜笑的聲音，煥發的精神和沖天的幹勁，他們怎能不和成年人一樣，在摩拳擦掌，準備在這一片富饒的土地上，創造出一座自由幸福的樂園呢？

小朋友，西藏在祖國的西南邊疆，是亞洲也是世界上最大的一個高原，歷來被人們稱為「世界的屋脊」。一座彎彎的像新月形的大山，躺在我國和印度的交界上，這就是喜馬拉雅山，它的最高峰叫做珠穆朗瑪峰，高達八千八百多公尺，是世界第一高峰。喜馬拉雅山上終年積雪，在金色的陽光下，襯著青翠的松林，風景是十分美麗的。

我雖然沒有去過西藏，但是從書裡、從去過西藏的朋友們的口中，知道西藏不但是個美麗的，而且是個富饒的地方。那裡陽光充足，氣候高爽，可以種植各種各樣的農產品。在水利方面，高山的雪水下注，流成湖泊，也可以引成管道，用來灌溉。西藏以產金著名，煤礦也很豐富。此外還有許許多多寶貴的、對於工業建設極其有利的礦產，也正在勘察之中。現在西藏的勞動人民，已經解放出他們勤勞的雙手，這一大片處女地上，有多少開發的工作好做呵！

小朋友，西藏的小朋友們的快樂和興奮，是可以想像得到的，他們心裡會想：假如在世界屋脊上，能建起一座全世界最高的天文臺，來觀測天象那有多好！在水源最豐富的大山下，能建起一座大發電站，讓這一片高原大放光明，那有多好！在蘊藏豐富的群山峻嶺之中，深深地往下挖掘，挖出金子，鐵砂，還有煤塊⋯⋯就可以用煤來煮飯取暖，留下牛糞來做肥料了。也可以用煤來煉鐵、煉鋼、造拖拉機、造機器了，那有多好！⋯⋯總之，他們的幻想和理想是無邊無限的，他們的腦子裡不斷地閃出光亮四射的火花，他們決心要努力學習，鍛煉身體，在中國共產黨的領導下，把人民的西藏，建設成世界屋脊上一座光明燦爛的樂園！

建設新西藏的責任和快樂，不只是西藏的小朋友們的，祖國各民族的小朋友們也都有份；建天文臺也好，造水電站也好，開發土地也好⋯⋯小朋友們的幻想比我要奔放很多。好好地準備起來吧，在中國共產黨高舉的紅旗之下，我們會看見你們在這祖國的高原上，創造出我們所難以想像的奇跡！

話說得遠了，就此收住吧，祝你們天天向上！

你的朋友冰心

一九五九年六月八日

注：本篇最初發表於《兒童時代》一九五九年七月一日，後收入小說、散文、詩歌合集《小桔燈》。

通訊十三

親愛的小朋友：

暑假又來到了，你們的讀書計畫早已訂下了吧！

小朋友們不都是愛看故事書的嗎？尤其是年紀較小的孩子，更喜歡看或者聽關於動物的故事，比如豬哥哥啦，兔妹妹啦……當我們看到聽到這些故事的時候，我們的腦子裡不就立刻湧現出這些動物肥肥胖胖、蹦蹦跳跳、善良活潑的形象麼？這些形象是多麼可愛呵。

天下的兒童都是一樣的，不論是中國、英國或美國的兒童，都喜歡看生動有趣的故事和動物的性格結合起來的各種書畫。但是在號稱自由民主的美國，他們的作家卻不能自由地寫書，美國的小朋友也不能自由地看動物故事！他們禁止這些書，並不是因為書裡的小動物有什麼不好的行為，而是因為它們皮毛的顏色是黑的。

小朋友們，你覺得奇怪嗎？事情是這樣的：不久以前，在美國南方的阿拉巴馬州，有一本兒童讀物，叫做《小兔的婚禮》，裡面說的是一隻小黑兔和一隻小白兔結婚的故事，這下大大地激怒了一些議員先生，他們在州議會上提出要禁止這本書。後來因為這個提議受到世界人民的訕笑，才暫時停止了。六月下旬，美國南方的佛羅裡達州的一些議員，又在議會上提出要查禁一本叫做《三隻小豬》的兒童讀物。這故事裡面有白的、花的、黑的三隻小豬，被一隻兇惡的狼捉住了。小黑豬最聰明，它乘狼不備，趕快逃掉，小花豬和小白豬沒逃出去，就被狼吃了。

這樣的兩本淺顯的兒童讀物，居然會在隆重的州議會上被提出要求查禁，真是極其荒唐極其可笑的事情。但是從這件事情上面，也反映出了一個很重要的問題：就是美國有些白種人，對於國內一千七百多萬黑種人的歧視和迫害，已經到了多麼嚴重的地步！這真使世界上一切愛好自由平等、有正義感的人們，感到極端的憤怒！

美國的黑人在自己國家裡的地位，是比白種人低下的。他們在生活上受到種種的限制，並且還受到嚴重的迫害。比方說，他們不能和白人一起坐車，一起上學，一起開會，一起居住，一起吃飯……總而言之，他們是被「隔離」起來的，他們必須躲開白人，在一切的生活權利上給白人讓路。假如不這樣做，他們就要受到最殘酷的迫害，他們會毫無保障地被白人槍殺、吊死、燒死，挨打受罵更是不必提的了。因為美國的白種人認為黑種人膚色黑，因此智力也低，說他們是劣等民族，絕對不能和白人平起平坐，生活在一處的。

按照這個「道理」，於是上面說的那兩本兒童讀物，在有些白種人眼中，就犯了不可饒恕的錯誤了。小黑兔怎麼膽敢和小白兔結婚呢？小黑豬怎麼會比小白豬更聰明呢？凡是毛色黑的，都是劣等動物呵！

小朋友，生活在自由幸福環境裡的中國兒童，能夠想像世界上還有這樣蠻不講理的事情麼？

以美帝國主義為首的殖民主義集團，把黑種的非洲人，和白種人以外的有色人種，都作為他們歧視和迫害的對象！小朋友，你們有的沒有趕上看到殖民主義者在我們國土上、領海上那種無法無天的暴行；或者看到的已經記不清了……但是，可別忘了，美帝國主義還佔據著我們的領土臺灣呵！

現在，在亞洲，比如日本，在非洲，比如烏干達……還有許許多多的地方，這些國家裡的人民，都在為反抗殖民主義者的歧視和迫害而不斷鬥爭著。我們深信一切受壓迫的人們，會把騎在他們頭上的惡魔摔到地下去的。但是他們在鬥爭的道路上，還會碰到許多的困難和挫折，我們決不能讓美國的黑人小朋友們，以及日本、烏干達等地的小朋友們，在他們的艱苦鬥爭中感到無助和孤單，我們要時時刻刻地想到他們，我們要響應每一個反對戰爭保衛和平的號召，在促進國際的團結和友誼上，盡上我們自己的一分力量……什麼時候和平的力量大過戰爭的力量，帝國主義殖民主義者就在什麼時候偃旗息鼓、退敗下去，被壓迫的民族就會翻身，連美國的兒童讀物上的小黑兔、小黑豬……也都可以在書頁上自由地和小朋友見面了，那不是一件大大痛快的事情麼？

下次再談吧！祝你們快樂。

你的朋友冰心

一九五九年七月七日，北京

注：本篇最初發表於《兒童時代》一九五九年八月一日第十五號，後收入小說、散文、詩歌合集《小桔燈》。

通訊十四

親愛的小朋友：

讀到這封信的時候，你們一定已經上學了；休息了一個暑假，重新回到學校裡，一定感到新鮮而興奮吧。

小朋友，你們的暑假生活過得豐富麼？去過哪些有趣的地方？參加過哪些有意義的活動？看了哪些好書或是戲劇和電影？訪問了哪些英雄、模範？你們那裡下過滂沱大雨了麼？河水漲了麼？你們參加防澇或是防旱的工作了麼？這一個多月中發生過多少值得記憶的事情呵！你們把這些事情，都寫在日記上了麼？或是寫在信上給親戚朋友們看了麼？

小朋友，你們喜歡寫信寫日記麼？你們寫的時候覺得有困難麼？是不是有時候覺得提起筆來無話可說呢？或是心中有話筆下寫不出來呢？或是眼前閃爍著事物的形象、顏色、動作，筆下卻形容不出來，而只好以「好看極了」「好玩極了」「有意思極了」等等簡單模糊的字句，輕輕帶過就算了呢？還有，你們是不是也有「提筆忘字」，在信上日記上寫下許多錯字的時候呢？

今年夏天，我帶兩個小朋友去逛北京西郊的動物園。這兩個孩子都是小學三年級的學生，都很聰明活潑。那一回，我們玩得可真高興。回來後他倆都寫了日記。第一個孩子只寫了四五十字（裡面還有好幾個錯字！），他只提到某月某日和什麼人去逛了動物園，底下就像記帳似的列舉了一些動物的名字，什麼白熊、大象、猴子、獅子、斑馬、孔雀等等，他覺得「好玩極了」，以後就回來吃飯睡覺了。第二個孩子卻寫了一千多字，他從那天的天氣和動物園裡的遊人等寫起，以及那些動物，如白熊、大象、斑馬、孔雀等等的動作、形態和皮毛、羽毛的顏色，都寫得十分生動鮮明；而且他把我對他們談過的話，也記下來了！我說：「我小的時候，也逛過這個動物園，那時它叫『萬牲園』，裡面只有幾隻很平常的動物，還有脫了毛的孔雀、老掉了牙的大象……現在卻有這麼多的珍禽異獸，而且差不多每年每月都增加新的種類。」還有我對他們談的許多外國動物園的情形，他也有條不紊地記下了。他的這一篇日記，寫得整整齊齊，沒有一個錯字，使人看了很舒服，沒有去過北京動物園的人讀了，會引起一種「身臨其境」的真切的感覺。

這個孩子的老師和母親對我所說的話，證實了我對他的評價：他是一個好學生。他很喜歡語文課，老師講課的時候，他總是專心地聽，筆記也寫得很好，從來沒有錯字；他尤其喜歡讀書，輔導員和老師介紹過的書刊，他總是讀得很仔細，不但記住書裡的故事，還把書裡優美的、有力的字句和詞彙，都摘記在一個小本子裡。他腦子裡積攢的詞彙很多，又會靈活運用，因此他寫起作文來，毫不費力，每次作文他都寫得很好，寫信寫日記，也是如此。老師對他的學習成績是很滿意的，對於他的作文，尤其稱讚，認為他已經找到了提高閱讀和寫作能力的門徑。

語文是一門基礎知識，是一門工具學科。學會了學好了語文，我們才能很好地了解其他的課文，才會讀書看報，才會寫信寫日記，才會寫好「作文」。你們現在的語文課本，裡面有許多思想性很高的、寫得很好的故事和詩歌，老師們又講得很好，你們應當抓緊學習的時光，好好地聽講，好好地寫筆記，還要細看每個字的寫法。把語文學好了，就會同那位寫日記寫得很好的小朋友一樣，閱讀和寫作的能力也不斷地提高。到了你能夠很好地掌握文字這個工具，使它能為表達你的思想感情而熟練地服務的時候，你將會感到無限的快樂，而看你的文章的人，也會感到快樂的。

再談吧，願你們在新學年中好好地學習語文！

你的朋友冰心

一九五九年八月十九日，北京

注：本篇最初發表於《兒童時代》一九五九年九月一日第十七號，後收入小說、散文、詩歌合集《小桔燈》。

通訊十五

親愛的小朋友：

我心中充滿了喜悅。窗外晚霞在天，新月已出，大院裡小孩子歡笑奔走的聲音，在涼爽的晚風中蕩漾……小朋友，我們多麼幸福，生活在新中國，多少偉大輝煌的事蹟，都讓我們看到了！當然，你們比我更幸福了，因為你們將來能夠看到的一切，在敢想敢幹的新社會裡，是我所不能想像得到的呵！

我剛從天安門前散步回來這些日子，整個北京就像一個大家庭裡，準備空前的喜事一般的，一家大小，喜喜歡歡，忙忙碌碌。天安門前面兩邊，從去年的冬天起，看它拆房，看它破土，看它奠基，看它搭起腳手架……每次從那邊走過，都是潮水般的人群和車群，真是車水馬龍，各種機器的聲音，搖山震嶽。春天到來，地面漸漸收拾得平坦了，從內蒙古刮來的春風，仍舊揚起撲面的塵土。在撲面的塵土中穿行的人們，仍是心中充滿了希望的熱情與喜悅，因為我們知道在不久的將來，天安門前面，四十公頃的大廣場上，將永不再有塵土了！

這廣場上是日新月異，幾天不從那裡經過，就變了個樣子。一架一架雪白的朵朵棉桃似的大電燈，在寬闊的馬路兩旁豎立起來了；天安門兩廂的大廈的腳手架都拆走了，湧現出兩座莊嚴雄偉的建築。一棵一棵的大松樹、大柳樹、大楓樹，從城外連根移來，栽在人民英雄紀念碑的兩旁。這些大樹，將使這廣場上，一年四季有最爽人心目的顏色。松樹的蒼綠、柳葉的青翠和楓葉的緋紅，將襯映得四周高大的建築，更加莊嚴，更加美麗。

我今天下午在廣場上散步的時候，舉目東望，正看見新建成的中國革命博物館和歷史博物館的高樓巨柱。這博物館和西邊的全國人民代表大會禮堂，遙遙相對。這兩座大建築都有四十五公尺高，比正面的天安門樓還高出一段，但因為廣場寬闊，新建築的顏色比黃瓦紅牆的天安門樓，又淺了一些，因此顯得十分調和配稱。

全國人民代表大會禮堂，前幾天我曾去參觀過。它給我的是一種夢遊仙境似的感覺，又好像是一個小孩子忽然走入了童話的世界。我這一輩子看見過許多國家的議會大廈，在我的記憶中，還沒有一處比它更偉大的。這個能容萬人的大禮堂，真是莊嚴肅穆，氣象萬千！一萬個座位是分擺在三層地面上，第一層是人大代表席，可容納三千六百人，每個席位前都有寫字臺，臺上有專用的擴音器和收聽的意譯風，二層和三層都是大挑臺，一共有六千多座位。但是承擔這六千個座位的兩層寬大的挑臺，卻沒有一根支頂的柱子。因此坐在這一萬多個座位中的任一個位上，都可以很清楚地看到主席臺上的一切。主席臺口，寬三十二米，可以坐三百個人的主席團。這裡還可以演出大型的歌舞劇和大型的交響樂，臺前的大樂池，能容幾百人的樂團演奏。

禮堂的照明，是屋頂的最華麗的燈光。當中一朵朝向太陽的大葵花，葵花心中是一顆光芒四射的大紅星，象徵著億萬人民的心，朝向著我們親愛的黨。葵花的外面，是三環波浪形的燈圈，圈內圈外布滿了繁星似的五百盞燦爛的燈光。天藍色的牆壁上接屋頂，是圓穹形的水天一色，坐在大禮堂裡，就像坐在寥廓靜穆的夏夜的星空下一樣！

小朋友，在我們祖國的首都，光是今年一年中就出現了幾十座大大小小的新的建築；若是細說起來，幾天幾夜也描寫不完。光是全國人民代表大會禮堂一處，就夠說上一天半天的。我只把大禮堂約略描述一下，其餘的等你們自己來看。小朋友們來日方長，前途似錦，你們將來不但可以到裡面參觀，還可以在裡面開會呢，只看你們自己的努力了。

我現在要告訴小朋友的，就是我在天安門廣場上所湧起的潮水般的感想。當四十多年前，我像你們這麼大的年紀，初到北京的時候，我看見的是黃瓦上長滿了亂草的故宮；褪了色的紅牆；下雪下雨時泥濘汙濁，颳風時塵土飛揚的街道；坐著汽車馬車的，是揚威耀武的洋人和騎在人民頭上的統治者；行走和開車拉車的卻是饑餓憔悴的勞動人民。哪會想到在幾十年後，我們幾千年來受盡了壓迫剝削的人民大眾，能有這般揚眉吐氣歡欣鼓舞的今天！

小朋友，「沒有共產黨，就沒有新中國」，沒有革命烈士們灑出的鮮血，就染不出我們今天飄揚高舉的五星紅旗。祖國的勤勞勇敢的億萬人民，若沒有中國共產黨的正確英明的領導，是闖不出這個燦爛光明的世界的。我們要牢牢記住這件事實，我們的心，永遠要像人大禮堂的屋頂上的那朵向日葵，滿懷熱愛地傾向那顆象徵著中國共產黨的光芒四射的紅星！

當我在廣場上徘徊瞻眺的時候，準備在國慶日遊行的小朋友們，正在練習走隊。他們舉著花束，整齊嚴肅地行進。還有許多等著操練的小朋友，都散坐在廣場的四周。在這寬闊的地面上，人形顯得那麼細小，天空顯得那麼廣漠而蔚藍，從對面路上開來的一輛一輛大汽車，看去就像小小的玩具一般。這時我忽然感到我們的祖國是多麼廣大，黨對我們的關懷是多麼深厚，而我們自己在這中間又顯得多麼渺小！但是「渺小」是從個人的角度來看的，「聚沙成塔，集腋成裘」，黨是永遠重視群眾的力量的，小朋友，讓我們永遠團結在一起，為祖國的繁榮富強而努力吧！

祝你們節日快樂！

你的朋友冰心

一九五九年九月九日，北京

注：本篇最初發表於《兒童時代》一九五九年九月一日第十七號，後收入小說、散文、詩歌合集《小桔燈》。

通訊十六

親愛的小朋友：

今年的國慶日，當我站在觀禮臺上，看到少先隊的浩蕩整齊的隊伍，精神煥發地走過天安門，數不清的彩色的汽球和雪白的鴿子，從他們高舉的手中飛起；在廣場兩邊，面對天安門的小朋友的隊伍，也一起搖舞著手裡的花束，高呼「毛主席萬歲」的時候，使我深切地感到社會主義國家裡的兒童是何等的幸福，前途是何等的光明。社會主義國家的特徵之一，就是對於我們的接班人的無微不至的愛護和關懷，要使每一個兒童在德育、智育、體育各方面，都得到充分發展的機會。但是，為著剷除我們中國兒童身心發展的障礙，我們親愛的黨在以往的幾十年中，曾付出了多少代價呵！

記得四、五年前，我在一個資本主義國家訪問的時候，遇到過一位好心腸的醫生，他上午給交費的病人看病，下午是免費給窮人看病。他對我極其難過地說：「我們周圍的窮人太多了，他們受著饑餓和疾病的侵襲，每年有許多許多的大人和孩子，像蒼蠅一樣地死去！我是一個醫生，我個人的能力所及，就是分出半天的工夫，犧牲半天的診費收入，來替窮人看病。但是這樣做並沒有使我得到安慰，也沒有解決什麼問題，有許多事實，知道了反而引起我的憤怒和難過！這種例子多得很，就像今天下午，我看了一個肺病已到第三期的碼頭工人，他雙頰通紅，咳嗽得直不起腰來，他懇求我給他一點止咳的藥，免得監工的人聽見他咳嗽就要停止他的工作。我對他說：『吃藥是沒有用處的，你必須長期休養！』他睜大了眼睛，彷彿聽到神話似的，但立刻又苦笑著說：『休養？我怎麼能休養呢，我有六個孩子呵，大夫！我要求做工還來不及呢。』他扶著桌子站起來，垂著頭說：『為著孩子們，我必須……我也願意苦幹到死。』我看著他低頭傴僂地走去的背影，感到我的心頭壓上一塊千斤重的鐵餅！我幾乎恨我自己的職業，我給他們看了病，卻不能給他們從根本上治病……這個社會，怎麼好？而在你們新中國裡，兒童們多幸福呵！沒有失業的父親和母親，生病有人管，上學有人管，一切的一切都有人管……可是什麼時候我們的孩子才能享受到那樣的幸福呢？」

去年的四月，我在義大利的米蘭城，訪問了一個電車工人的家，他住在十年前第二次世界大戰時炸壞了的半座房子裡，一家五口人住著兩間又潮濕又陰暗的小屋。這時天氣還很冷，他的年老的母親，正坐在門邊，借著戶外的微光，在縫補著小孩的衣服。看見我們來了，他們一家人母親、妻子和兒女立刻親熱地把我們圍住，這時門外又湧進許多老人和婦女，也有小孩，都是住在這方場上破屋子裡的鄰居。他們爭著問訊我們國家裡工人的情況，也爭著對我們訴說他們的困苦的境遇。他們說：「一個工人的家庭，一家四口人，至少也得七萬個里拉一個月，才夠開銷，可是我們的工資，每月只有四萬五千個里拉呵。」我們對於義大利錢幣的價值，是沒有概念的，後來一位婦女對我們舉例說：「比方說吧，小孩的鞋子一雙兩千到四千個里拉……你就知道這點工資夠不夠開銷了；當然，疾病和意外的花費還不算在內。我們做家庭預算的時候，根本就不敢想到這些……」她又對我嘆了口氣說：「什麼時候，我們工人能熬到像你們那樣的好日子呢！」

回來的路上，陪我們的義大利朋友，對我背誦一首描寫義大利工人家庭的孩子的詩，詩的大意是：「父親領來工資，還沒有遞到母親手裡，錢袋已經半空了，父親嘆息著，母親也低著頭。他們都不敢拿眼睛看我們，我們還能有什麼要求呢？街上傳來雜技團奏樂的聲音，還有賣冰棒的喊聲……但是我們整個月來的想望，也和錢袋一樣的空了！」這是怎樣的一首使人「心頭壓上一塊鐵餅」的詩呵！

一回到祖國來，我心頭的鐵餅就消失了。小朋友，為著我們目前幸福的生活，我們更要常常惦念那些在痛苦的環境中過活的兒童。為使世界上所有的兒童，都能得到像我們一樣的幸福生活，我們要奮鬥到底！

祝你們不斷進步。

你的朋友冰心

一九五九年十月十四日，北京

注：本篇最初發表於《兒童時代》一九五九年第二十一號，後收入小說、散文、詩歌合集《小桔燈》。

通訊十七

親愛的小朋友：

前幾天，我懷著極其興奮的心情，去訪問一位從甘南地區來北京參加群英會的年輕醫生李貢。在接待室裡，負責的同志給我介紹一位身穿藍布制服，胸前佩著閃閃發光的獎章，中等身材，兩道粗粗的濃眉，雙頰紅潤，滿面含笑的年輕人，這就是我所聽說的、那位有高度的革命人道主義的、全心全意為藏族人民服務的醫生了。

我們談話的時候，他開始是很靦腆。但在我們不斷地發問之下，在他自己深沉的回憶之中，他才漸漸地越說越興奮，越說越流暢，他那極其動人的故事，使我聽了有好幾次忍不住流下感動的熱淚！

李貢醫生今年才二十六歲，甘肅蘭州人，在一九五四年，當他從蘭州衛生學校畢業，分配到甘南地區工作的時候，他就十分興奮，心想自己要和藏族的勤勞勇敢、能歌善舞的人民，一同生活一同工作了，及至到了草原，那艱苦的環境，使他猶豫了起來。那裡是海拔四千公尺的高原，冷得連夏天的早晚還要穿著棉衣，住的是不蔽風雨的布帳篷，生活的一切得自己動手來做，醫療工作上也沒有助手，自己和藏民言語不通……這些困難，向著這個熱情的青年人，像壓頂的泰山一樣，劈空飛來，他的思想鬥爭開始了。

反復考慮的結果，他決定留下了。他想：黨培養了我這麼多年，為的不就是讓我好好地為人民服務嗎？現在面對著廣大的藏族同胞，我就在困難前面低頭退縮，我怎麼對得起培養我的、熱愛人民的黨呢？一想到黨，他的勇氣無限量地升起來了，他決定在草原上堅持下去。

此後，四年之中，他勤勤懇懇地做著帳圈巡迴醫療工作，不論白天黑夜，路近路遠，都按照黨的指示，想盡一切辦法，克服種種困難，治療著看護著每一個就醫的藏族人民。因為他的不懈的熱情和良好的醫療成績，來到他這裡就診的藏族人民越來越多了。他和藏族人民建立了家人骨肉般的深厚的感情，同時更是不斷地在他們中間擴大了政治影響，提高了黨的威信。他的四年工作之中，有許多動人的故事。

一九五五年的春天，歐拉地區的草原上，發生了一次大火，一個名叫曹加的藏族婦女，因為從大火中搶救牛羊，右臂被燎傷得很厲害。李貢醫生替她整整地治療了幾個月。他用盡一切辦法打針敷藥，可是曹加的傷口總不能長合。有一天，當他在帳篷裡學習的時候，聽見幾個候診的病人在帳外草地上談話，一個藏族老太太問曹加說：「共產黨的醫生技術怎麼樣？你的傷口好些了麼？」曹加說：「共產黨的醫生技術也不見得怎麼好，我已經治療了幾個月了，還不見好轉，我想我還是去找藏族醫生吧！」李貢醫生聽了這些話，心裡如同被人猛刺一刀似的，他想：「藏族同胞是把我代表了一切的共產黨的醫生了，我的醫療工作如不做好，不就降低了黨在藏族人民中間的威信麼？」他一面深深地同情著這個久被痛苦糾纏著的藏族婦女，一面又著急自己的周圍沒有一個老師或者同行，可以商量請教。他忍住滿心愁苦，鎮靜地出去和曹加談話，請她過三天再來。這三天之中，他不停地翻看手邊僅有的兩本醫書，看到了一種皮膚移植的療法，就是把一塊好皮膚割下來移植在傷口上，來幫助傷口長合的方法。三天之後，他對曹加說明這個辦法，動員她把腿上的皮膚取下移植在手臂上的時候，曹加嚇得跳了起來，說：「我的手臂還沒有治好，還要把我的腿也弄壞了麼？好了，再不要給我治了！」這幾句話，又好像槍彈一樣，在李貢醫生的腦子裡爆炸了起來！他想來想去，最後決心把自己的皮膚取下，來給她作移植的手術。他請曹加明天再來。這一夜，他把手邊僅有的簡單的手術工具，取出來消了毒……他從來沒有做過這種手術，而且是從自己腿上取下一塊皮膚，他不由自主地覺得一陣一陣的膽怯。這時天已經亮了。不久，曹加來了，他讓曹加躺下，用被單蓋上她的臉，吩咐她不要往這邊看。當他在自己的腿上打了麻醉針，開始剪下第一塊皮膚的時候，曹加坐起來了，驚惶的眼光中充滿了感激的淚水，抽咽著說：「我從前沒有聽見過，也更沒有看見過這樣的醫生，連自己的皮肉都割下來給病人治病。共產黨是我的恩人，我至死也忘不了共產黨！」

曹加的手臂完全好了，她和她的丈夫牽了一隻羊，來謝李貢醫生。李貢醫生說：「共產黨和毛主席派我來就是給大家來治病的，不要感謝我，應該感謝共產黨和毛主席。」又請他們把那隻羊仍舊帶回去。他們萬分感激地說：「共產黨和毛主席真是比父母還親，比太陽還熱，我們到死也要跟著共產黨走！」他們這話是從心底說出來的，曹加的丈夫在此後的、為本族人民服務的事業中，獻出了寶貴的生命。

小朋友，這只是李醫生的故事之一。不知你們聽了這個故事，也受到感動了麼？你佩服、喜愛這位年輕的醫生麼？你們願意向他學習麼？他能夠這樣勇敢地為人民的利益而貢獻出自己的一切，就是因為他挖掘到了一切力量的源泉。只要時時刻刻地想到黨，深深地體會到黨的為人民服務的真摯崇高的願望，堅決地要保持愛護黨的影響和威信，任何一個人，無論他多年輕，都會自然而然地把群眾的利益放在個人的利益之上，滿懷樂意地去關心別人，忘掉自己。

這是我從李貢醫生的談話中所得到的啟發，我願意把我所得到的再告訴我的親愛的小朋友！

你的朋友冰心

一九五九年十一月十二日

注：本篇最初發表於《兒童時代》一九五九年第二十四期。

通訊十八

親愛的小朋友：

新年好！我想在齊步跨進一九六〇年的六億五千萬中國人民當中，你們是最最高興的吧？時間過得越快，離開你們實際參加祖國社會主義建設的時期就越近了，你們不感到興奮麼？

你們在今天都做些什麼呢？是在打乒乓球麼？是在看一本新書麼？還是去參觀了什麼人民公社或是工廠了呢？

談到參觀人民公社，我在今年的十月底，曾去參觀了北京郊區黃土岡人民公社的園藝隊，（這個園藝隊包括兩個苗圃隊和三個盆花隊，這五個隊一共占地一千七百多畝，有花三百多種，五十萬盆，樹苗不計其數！）我好久前就想去訪問他們了，因為這公社的園藝隊供給了綠化、美化我們的首都的大部分的樹木和花朵。當我們看到首都市郊的街道兩旁，綠樹蔥蘢、鮮花耀眼，或是當我們把一束一束美麗芬芳的鮮花，獻到我們的領袖、英雄、模範、先進工作者和來自外國的貴賓手裡的時候，我們總會感謝這些終年辛苦替我們培養花樹的公社園藝隊員們的。

我說「終年辛苦」，因為在我下去訪問之前，只知道春夏時節，花樹萌芽開花，最需要修剪灌溉，卻不曉得秋冬是花農最忙的季節，當我們看到滿樹嫩芽、滿枝香花的時候，那已經是他們秋冬苦幹的成績展覽了！

十月底在北京，年輕的人還沒有穿上棉襖，我到這公社樊家村鮮花生產隊的時候，他們已在忙忙碌碌地做花洞的窗架，安玻璃，砌牆，編席子……準備著把盆裡和地上的花，都挪到花洞裡去過冬。這工作真不簡單呀！特別是那幾天，天天都可能有「霜凍」的警報，隊員們就像搶修什麼工程似的，在迷濛的朝霧中，在凝冷的月光下，加緊地工作。小夥子大姑娘們一邊歡騰地說笑，一邊熱烘烘地往花洞裡抬大花盆，搬小花盆，還從地裡起出一棵一棵的花來，堆在小車上，推著趕著地往花洞裡送……

我在這公社裡住了幾天，把五個生產隊都巡禮了一番，其中黃土岡茉莉花生產隊給我的印象最深，生產隊副隊長劉伯伯對我的談話，最詳盡也最動人，我不妨對小朋友再說一遍。

我是在一個薰房裡找到劉伯伯的，他正在侍弄著幾百盆的含苞欲放的茉莉。

薰房裡清香四溢，熱氣蒸人，他身上穿的是單衣單褲，還是一身的汗，滿臉的汗！茉莉本是在華南一帶的植物，沒有這麼高的氣溫培養著，在北方的初冬是開不出花來的，但是養花的人多麼辛苦呵！

劉伯伯滿臉含笑地招待我們，他指點著這滿坑滿架綠油油的點綴著萬點銀星似的茉莉花枝，眼光裡洋溢著無限的熱情和高興。他告訴我們：這生產隊有三百多間薰房，一萬七千多盆茉莉花，這茉莉花根，都是在廣東生長的。每年春節後，用稻草包紮好從火車上運來，到後分棵栽到盆裡，先放在冷洞，慢慢地一批一批送進薰房，最先是放在火坑上，薰到開出花來，再從坑上挪到架上玻璃棚底下的陽光下面，摘下花，然後再一批一批搬回冷洞。到夏天自然都放在屋外。這樣一年可以摘五次花——房內兩次，房外三次。這些花，都送到茶葉公司去，在那裡，烘茶葉的工人們，在烘籠裡鋪上一層茶葉，上面再鋪上一層茉莉花，這樣層層地鋪起，放在微火上烘。烘好了就用篩子把茉莉花篩出去，茶葉裡就有一股茉莉花的香氣，這就是我們所最愛喝的、祖國的名產：茉莉花茶。

劉伯伯說：「培養花就跟培養孩子一樣，一點都不能大意呀！花朵是最嬌嫩的了，太冷了不行，太熱了也不行，太乾了不行，太濕了也不行，又要和暖的陽光，又要新鮮的空氣……因此我們養花的人是要日夜守在花的旁邊的。」我說：「您太辛苦了。」他笑著搖頭說：「不辛苦！養了多年的花了，一進薰房不用看寒暑表，光憑皮膚的感覺，就知道房裡的熱度是多高，只用手指彈一彈瓦盆，就知道這盆花缺不缺水。看著這一大片一大片的花，開得好，摘得多，給國家創造了財富，給人民噴香的茶喝，養花的人的快樂也就說不盡了！」

從薰房出來，劉伯伯請我們在他的辦公室——也就是薰房的一端——喝點開水，我們問起他養了多少年的花，他才又感慨又興奮地對我們說著他的過去。原來他是河北故南人，六歲的時候，他父親逃荒，一個挑子把他挑到黃土岡來的，他從十二三歲起，就在當地一個惡霸地主趙泉的花廠裡當花匠，一年到頭勞碌辛苦，才拿到每月五角錢的工資，他說：「那時候吃的苦，就說不完了。一九四九年，黃土岡解放了，我也解放了！惡霸趙泉槍斃了，我分到三間瓦房，三十畝地，以後我們八戶貧農就組織起合作社來……去年人民公社化以後，我們這裡因為土質適宜，就專門發展起茉莉花房來。本來嘛，我們現在又有人，又有地，大家幹慣了這一手活，現在為自己幹，又是為集體幹，幹勁高得就不用提啦。我們的隊員，從前每人管六百盆花的，現在每人管八百盆還多。至於我們的生活，和從前比起，真是天上地下。從前黃土岡哪有自行車？現在就多著啦。毛主席說要人人都吃上飯，只有我們才知道這句話不簡單。」

從茉莉花隊出來，我一路上細細想著劉伯伯所說的話，他提到培養花就像培養孩子一樣，就使我想到黨對小朋友們的培養，那份小心在意，也決不在劉伯伯之下。他說：「誰要是說『現在生活不好』，這簡直是閉著眼睛說瞎話！」這句話代表了全國人民的聲音，也給我上了一堂很好的政治課，因此，我願意小朋友們在出去參觀工廠、公社的時候，也千萬不要放過可以使自己受到深刻教育的機會。

再對你們說一聲「新年好」，祝你們不斷進步。

你的朋友冰心

一九五九年十二月十三日

注：本篇最初發表於《兒童時代》一九六〇年第1期。

通訊十九

親愛的小朋友：

日子過得多快！剛給你們賀過新年，春節又來到了。春節的假期比較長些，你們有些什麼活動呢？

前幾天，我同幾個朋友在一起閒談。我們興奮地談著二十世紀的六十年代，先是把年月往後推，回顧五十年代，乃至四十、三十、二十年代，那時，我們祖國的情況多麼糟糕；我們又回過來談六十年代的今天，大家都眉飛色舞，覺得我們真是幸福，都趕上了毛澤東時代，我們應該為祖國的社會主義建設，多貢獻一些力量，這樣，我們的餘年才不算是白白地過去……

小朋友，和我在一起座談的老朋友，都是歲數很大的人了，最年輕的也有四十幾歲，也許他們比你們父親的年紀都大了，但是我們還是越談越熱烈，從六十年代，推想到七十、八十年代，乃至二十一世紀，都說那時的世界真不知道將是個怎樣輝煌燦爛的樣子，大家都希望能夠活到那個時候，可以親眼看看。

當大家談到將來，恨不得自己晚生幾十年；於是我就歡樂而興奮地想到你們，你們多幸福呵！當然，燦爛輝煌的祖國和世界，是要人來創造的，你們的責任多麼重大呵，你們的事業又是多麼偉大呵！

我自己的大半輩子，過的是反動統治的日子，在那些苦難的日子裡，不知有多少人經歷過流離失所的淒慘生活，更得不到學習文化的機會。而你們就大不相同了，你們幾乎是一生下來，就過著人民當家作主的日子，人人都有求學的機會，人人都有鑽研科學技術的機會，自然界將像一方未經雕鑿的白玉一般，會在你們萬能的手中變成玲瓏精緻的作品，這只要你們好好聽黨的話，從小立下雄心大志，刻苦學習，敢想、敢說、敢做，那二十一世紀的祖國和世界，將是更燦爛輝煌的新天地。

你們目前的條件是很好的，我們親愛的黨和毛主席永遠關懷新生一代的全面發展，並且為你們的科技活動創設了優越的條件；我知道在許多地方，都有少年科技指導站、少年宮、少年之家等，一九五八年秋季起，為貫徹黨的教育和生產勞動相結合的方針，在許許多多的中小學裡，都開闢了小工廠和實驗園地。去年春天，我在河南洛陽參觀的時候，我訪問了敬事街小學的「六一工廠」，在無線電車間裡，看到小朋友們在生產小收音機，做得十分精緻；還有小先生在對小學生講解收音機的構造原理呢，小先生不過十一二歲，小學生就更小了！我們中間有人喜歡得慨嘆說：「我小的時候，根本沒有看見過收音機！我的兒子小的時候，就喜歡研究收音機，但是我們沒有力量讓他研究。而現在，這些孩子多幸福呵，這麼小的年紀就會做收音機，大了還不知將會創造出什麼樣奇妙的機器呢！」

我還知道，有許多的中小學校，都和人民公社和工廠掛了鉤，使學生的科技活動，有了新的內容。比如養豬、種菜、幫工廠做輕微的勞動等等，在農民和工人的指導之下，和農作物、牲畜、機器接觸，通過勞動實踐，再深鑽進去，無論哪一門科學技術，都會像萬花筒一般地日新月異，更會引起你們攀登科學高峰的興趣和雄心。

小朋友，最精深的科技，掌握在愛好和平的人民的手裡，這也是保衛和平的有力武器。現在東風已經早早吹起了，東風已經絕對壓倒西風。小朋友，你們的壯志雄心，應當像一團團的火焰！風助火勢，一定會把戰爭販子和資本主義世界像枯草殘葉般地燒得乾乾淨淨的。

紙已盡，祝你們春節愉快，不斷進步！

你的朋友冰心

一九六〇年一月十七日夜

注：本篇最初發表於《兒童時代》一九六〇年第四期。

通訊二十

親愛的小朋友：

最近我到湖北省參觀，看到了一個省份的工農業盛況，以及其他各方面的巨大成就，使我受了極大的感動和教育。我想給小朋友們談談漢江丹江口水利樞紐工程，這個高速度進行的偉大工程，和工地上千萬民工的沖天幹勁，誰看了都會驚嘆欽佩的！

樞紐工程的壩址丹江口，在湖北省光化縣北三十公里。丹江是漢江的支流，從河南流來，在這裡和漢江匯合了。漢江是長江的最大支流之一，它從陝西的秦嶺發源，到了漢口，又與長江匯合，東流入海。漢口市就是以在漢江之口而得名的。

這條「三千里漢江」，它的流域的廣闊，在長江流域中占第一位。兩岸的農產品和地下資源，都極其豐富。尤其是中下游江漢平原，是最富饒的魚米之鄉。但是這三千里漢江，千百年來，是兩岸人民所恐懼、怨恨的重大災害。原因是漢江上流的流量很大，降雨量又集中在每年的七至十月之間，連綿的暴雨在漢江上中游彙聚起來，奔騰下瀉，給兩岸人民帶來生命財產的損失是無法計算的。漢江人民曾經悲慘地唱著這樣的一首民歌：

漢江滾滾浪滔天
十年倒有九年淹
五月六月漬水起
七月洪水漫屋簷
賣了兒女賣妻子
到頭還是死外邊

但是，在反動統治的年代裡，有誰關心到人民凍斃餓死，妻離子散的生活呢？漢江兩岸勤勞勇敢的人民，只好過著提心吊膽的日子。他們千萬年來治理洪水的強烈願望，一直沒法實現。直到十年前，全國解放後，我們親愛的黨，領導了漢江兩岸人民，開始進行了漢江分洪和修堤的工作。到了一九五八年九月，在黨的光輝照耀下，漢江丹江口水利樞紐工程，終於破土開工了！

參加丹江口建壩工程的是，河南、湖北十七個縣一百一十七個人民公社，和全國各地幾十個支援單位來的工人。有一首民歌把他們的熱情和幹勁，淋漓盡致地唱出來了：

工人來到丹江口疊疊青山齊發抖
千軍萬馬開進來黨的紅旗前面走
多快好省建漢江土洋並舉有智謀
分秒必爭築大壩要叫洪水永低頭

山溝變成幸福海雲裡行船蕩魚舟
窮山野嶺改面貌子孫幸福萬年秋

要知道這些民工從哪裡來的沖天幹勁，只從十萬大軍中的「三師三團的一千八百八十人中，就有一千一百四十三個人的家屬，是在一九三五年被洪水淹死的」這件事實來看，就了解他們這樣風裡雨裡猛攻苦幹，實在是報祖宗千年之仇，造兒孫萬世之福的。

我站在高大的圍堰上，眼前是兩岸高山，和一條擠在一旁緩流的江水；在壩基前的一片工地上，只見海洋般的人群，挑擔的、推車的，上下飛走，歡聲雷動。丹江口建壩工程，是土法上馬的。他們築這個圍堰的時候，沒有用兩千一百噸的鋼板樁，也沒有用三千立方米大、十米長、三十分米寬的木板樁，這些條件，當時都不具備。但是群眾的智慧終於衝破了這個重大的困難。他們採用了就地取材，「以土趕水」的土辦法，在隆冬嚴寒的天氣裡，短短的五十天中，十萬大軍用自己的雙手雙肩：

挑起一擔高山去一半
挑起兩擔高山變平川

就這樣地移山倒海，把一百多萬方的土、砂、石方推進洶湧的江流裡。一九五九年一月二十六日，最後三小時零十分鐘，圍堰完全合攏了。千年為害的漢江，從此攔腰綁住，永遠馴服地為人民服務了！

現在這攔河大壩，正在熱火朝天的建築期中，今年內全部工程可以基本完成。大壩全長達三千一百零九公尺，攔洪後，水庫面積達一千零二十平方公里，深達一百公尺，比被稱為東亞第一的我國東北小豐滿水庫，還大幾倍。它不止擔負了兩岸一千六百萬畝土地的灌溉任務，還要發電四十三點三億度，支援周圍幾百里的工業建設。在發電量上，它也是東亞第一的。此外，它還便利了上下船隻的航行，物資的暢通。同時，水庫還可養魚一億斤，供給五十萬人（每人每年二百斤）吃上一年！

小朋友，在談到我國水利建設的遠景時，還有「南水北調」這一條，就是把南方的水調到北方去利用。丹江口水利樞紐工程，就是一個開端。我們首先把漢水引到淮河，以後還可把漢水引到黃河，使華北廣大平原和淮河流域的缺水地區（六千萬畝田地）都長起蔥綠的稻秧。等到長江三峽水庫建成以後，長江、淮河、黃河、漢江的水都可一脈相通。那時，祖國的東、西、南、北，真是一片風光明媚的錦繡河山了！小朋友，你說這遠景美好不美好？

寫得太長了，就此停住吧。祝你們像春天的樹木一樣天天向上。

冰心

一九六〇年三月二十七日

注：本篇最初發表於《兒童時代》一九六〇年第九期。）

三寄小讀者

通訊一

親愛的小朋友：

在我寫《寄小讀者》的五十五年後，《再寄小讀者》的二十年後，重新提起筆來寫《三寄小讀者》，心情還只能拿五十五年前所講的「我心中莫可名狀，我感到非常的榮幸」這句話來描述了！

我三次榮幸地和親愛的小讀者通訊之間，半個多世紀過去了。我這一次的「莫可名狀」的心情，是「寧靜」多於「興奮」，「喜悅」多於「感喟」。這半個多世紀的經歷，使我對毛主席的「世界是在進步的，前途是光明的，這個歷史的總趨勢任何人也改變不了」這段教導，有了無限的信心。幾十年前日本帝國主義者的侵略，和幾年前「四人幫」的專橫，都改變不了革命人民事業的邏輯！

我是在「五四」愛國運動之後才開始寫作的，還是從「五四」運動談起吧。

昨天我去參加了有著「五四」革命傳統的北京大學建校八十周年的紀念大會。我的周圍是彩旗招展，鑼鼓喧天；我的面前是兩萬多名北大的師生員工和家屬，其中就有來自三十六個國家的留學生，還有一些戴著紅領巾的少年兒童。就是這些少年兒童，敲鑼打鼓，揮舞著花束，把我們帶進會場來的！

回憶起五十九年前的「五四」，那時，沒有認識到革命人民力量的我，哪裡想到我們會有這樣光明幸福的今天？去年的九月六日，我寫的〈天安門，與毛主席的名字聯在一起〉這首詩裡，第一節就是描寫當年「五四」示威遊行的情景：

五十八年前，
我們一隊隊穿著
長衫和裙子的青年，
踏著叢生的春草，
揮舞著零亂的小旗，
走過破敝黯舊的天安門。
我們喊：「打倒賣國賊！」

「打倒日本帝國主義！」

悲憤填滿了我們的胸膛！

自從「中國出了個毛澤東」，他和中國共產黨，領導著中國各族人民，把我們當時的最大的敵人——三座大山，徹底推翻了！中國人民站起來了，「五四」運動時代的理想實現了，我們是如何的歡欣鼓舞呵！

毛主席還指示我們要繼承五四運動的科學和民主精神的光榮傳統，並在馬克思主義的基礎上加以改造；這就是毛主席為我們樹立的實事求是和群眾路線的優良作風；而禍國殃民的「四人幫」，為了篡黨奪權，極力干擾和破壞毛主席的革命路線，扼殺科學和民主的精神，推行蒙昧主義和愚民政策，把「文盲加流氓」式的人物，當做青少年的樣板。親愛的小讀者，當「四人幫」橫行的時候，看著你們身心備受腐蝕摧殘的情景，也真是「悲憤填滿了我們的胸膛」呵！

和人民心連心的黨中央率領著全國各族人民，把萬惡不赦的「四人幫」，押上了歷史的審判臺。我們又是如何的歡欣鼓舞呵。

親愛的小朋友，「四人幫」這塊大絆腳石搬走了，障礙掃除了！我們必須立即開始新的長征，向著四個現代化邁進。到了本世紀之末，你們正是年富力強時節，正在以燦爛的青春，貢獻給壯麗的事業。做個歷史的主人，這負擔真是不輕呵！

你們現在要怎樣地培養共產主義的情操和集體英雄主義的氣概，特別是發揚毛主席所指示的：要繼承「五四」運動的科學和民主的光榮傳統，樹立實事求是和群眾路線的優良作風……這些，在我們黨和國家領導人的講話裡，在報紙刊物的論文裡，在你們老師和家長的談話裡，你們都看得聽得很多了，你們要好好地記住吃透，我就不再重複了。

這封信寫得長了，在十幾年之後重新提起筆來，總感到紙短情長，不能自已！好在以後我還將繼續不斷地寫下去。這信趕在「六一節」和你們見面，就此結束吧。

我將永遠和你們在一起，努力好好學習，天天向上！

你們的朋友冰心

一九七八年五月五日

（注：本篇最初發表於《兒童時代》一九七八年六月第三期。）

通訊二

親愛的小朋友：

在這篇通訊裡，我給你們介紹一幅極其感人的圖畫，題目是〈清潔工人的懷念〉。畫的是我們敬愛的周總理正在和一位清潔工人握手。畫上的題詞，是以清潔工人的口氣寫的：

在這夜深人靜的街頭，誰想到總理握著俺這拿帚把的手，「同志，你辛苦了，人民感謝你。」說得俺心中暖，熱淚流。總理呵，有多少個這樣夜深的時候，您操勞國事最辛苦，您掛念著人民的喜和憂。總理呵，誰說您已去，您沒有走。人民的總理與日月同光輝，人民的懷念與天地共長久。

看！畫的左上角，是人民大會堂，門前只停著一輛轎車，司機站在車邊等著，是「夜深人靜」了呵。周總理在操勞國事之後，很疲倦了，他走出人民大會堂，正要上車，抬頭看見遠遠的大街的那一邊，還有一位清潔工人在低頭掃地，立刻健步走過寬闊的大街，用雙手緊緊握住這位工人的右手，以短短的誠摯親切的話，替廣大人民表示了由衷的感謝。畫的右上角，是落了葉的樹枝，地上還有幾片未掃盡的落葉。這位工人肩掛一隻鐵簸箕，左手握著帚把。深夜的秋風是寒冷的，但是總理的一句「你辛苦了」，使得他「心中暖，熱淚流」。這幅畫刻畫出了人民的總理和人民心連心，關懷著每一個人的辛苦工作，卻沒有想到自己的日夜辛勞。總理是多麼偉大呵！

自從我去年在一次美術展覽會上看到這幅畫後，印象就很深，今天向你們提起，就是因為今年四月下旬，我陪外國朋友到頤和園遊覽的時候，有了一些感觸！

當我們走進園門穿過昆明湖邊長廊的時候，我看見一路都有散扔的包糖果麵包和包冰棒的亂紙。長廊兩旁的欄杆上，坐著站著許許多多笑語紛紛的春遊的小朋友。當然，那天園裡遊人很多，這些紙不一定都是小朋友們扔的，但我卻不能不想到這裡可能也有他們的一份。

走到長廊的盡頭，我看見一位很年輕的女清潔工人，正在低頭掃著地上的亂紙。我猛然覺得眼前一亮，周總理和清潔工人握手的這幅畫，又高懸在我的面前！周總理對清潔工人的關懷，永遠是我們學習的榜樣。我們這些春遊的人，能不能以總理之心為心，能不能在公共遊憩觀賞的地方，多注意一些公德，多講一些清潔衛生，來減少一些清潔工人的辛苦呢？

由於「四人幫」對於兒童教育的干擾和破壞，我們多少年來沒有聽到關於五愛（愛祖國、愛人民、愛勞動、愛科學、愛護公共財物）的宣傳了。砸玻璃、拆桌椅等等都成了「反潮流」的「勇敢」行動，亂扔果皮糖紙甚至隨地吐痰，就更不在話下了。想起在革命戰爭時期，偉大的毛主席和革命前輩們所率領的工農紅軍，在那樣艱苦辛勞的情況下，還是一進到村鎮，就掃地，就挑水……和人民打成一片，打出了一座紅色江山，使我們今天能在這片遼闊壯麗的國土上盡情地觀賞遊覽，盡情地呼吸著清潔新鮮的空氣，我們又該怎樣地來保護它珍愛它呢？

親愛的小朋友們，你們是在本世紀末實現四個現代化的主力軍，肩負著提高我們科學文化水準的光榮而重大的任務，你們現在是不是要在具體的事情上——哪怕是一件小事，以具體的行動來表示你們是在繼承和發揚革命前輩的優良的作風和傳統，來表示你們要把自己培養成為共產主義接班人的決心呢？

小朋友們，「四人幫」的流毒必須肅清，「五愛」的教育必須重講，讓我們還是從〈清潔工人的懷念〉這幅畫談起。讓我們以後在集體和個人出去過隊日或做戶外活動的時候，盡情歡樂之餘，要記住，把遊玩或野餐過的地方，收拾得乾乾淨淨，把果皮糖紙之類的東西揀起包起扔在果皮箱或垃圾箱裡。若是在山巔水隅找不到果皮箱或垃圾箱，就把這些東西收在挎包裡帶回來，丟進垃圾箱裡。這種做法，也許老師和家長們都對你們講過了，在這裡，我就再提醒一下吧。

春去夏來，風和日暖，你們的戶外活動一定更多了，祝你們身體健康，精神愉快！

你們忠實的朋友冰心

一九七八年五月十八日

注：本篇最初發表於《兒童時代》一九七八年七月第四期。）

通訊三

親愛的小朋友：

這封通訊間隔得太久了！前些日子我一直在忙些其他的寫作，其實我的心裡時刻都在惦念著你們！尤其是在上學年臨末的那幾天夜裡，我望到我住處前面宿舍樓上的每一扇窗戶裡的燈光，都是亮到夜半，就知道燈下有許多小朋友正在準備期終考試。我是又高興又擔心。「四人幫」打倒了，老師和家長都敢於抓你們的功課了，你們自己也知道刻苦用功了。但是幾年的積欠，在幾個月幾天之間，要把它補上，究竟是一件很吃力的事，我真怕你們因為拼命補課備考，睡不好覺也吃不下飯，把身體搞垮了。何況我們敬愛的領袖毛主席對你們提出「三好」學生的希望，頭一條就是「身體好」呢。

但是期終考試過去了，暑假來了，是不是可以暫時歇一歇力，喘一口氣，把暑期作業放一放，先痛快地玩上幾天，等到秋季上學之前再趕著補上呢？我覺得這也是不科學不切合實際的想法。

親愛的小朋友，今年的六月十二日，我們中國科學文化界的巨人郭沫若老爺爺和我們永別了。他在今年三月留給了我們一篇光彩奪目的文章，題目是〈科學的春天〉，我想許多小朋友都已經讀過。有的小朋友也許還會背誦吧。在這篇文章裡，他鄭重地提出：

「我祝願全國的青少年從小立志獻身於雄偉的共產主義事業，努力培育革命理想，切實學好現代科學技術，以勤奮學習為光榮，以不求上進為可恥。你們是初升的太陽，希望寄託在你們身上。革命加科學將使你們如虎添翼，把老一代革命家和科學家點燃的火炬接下去，青出於藍而勝於藍。」

青出於藍而勝於藍，這就是「趕」而又「超」。郭老爺爺又說：「趕超，關鍵是時間。時間就是生命，時間就是速度，時間就是力量。」小朋友，關於時間的可貴，時光流逝之迅速，恐怕你們不像我們老年人體會得那樣深刻！我常想，我已是將八十歲的人了，就拿八十年整段的時間來算一算，就有二萬九千多個日夜（29,200日夜），就有七十多萬個小時（700,800小時），就有四千兩百多萬分鐘（42,048,000分鐘），就有二十五億多秒鐘（2,522,880,000秒鐘），在這八十年之中，我浪費了多少的年、月、日、時、分、秒呵！我若是在學習和工作上努力地爭分奪秒的話，我該可以多做多少工作呵。一想起來，我是多麼難過，多麼後悔呵！

那麼，我是不是說小朋友們除了八小時的睡眠和吃飯的時間以外，都必須用於學習和複習功課呢？不是的，絕對不是的。我們要奪取時間，就必須善於使用我們用以奪取時間的武器，那就是我們的腦子，腦子這個最寶貴的武器，不用就要生銹，多用就更靈活，過度就會損傷。生銹或者損傷，它就不能銳利地去替我們衝鋒陷陣、攀高攻關！

因此，為了使我們的腦子能夠合理地工作和合理地休息，我們必須學會科學地安排時間。頭腦這件東西，和小朋友一樣，是十分活潑好動的，除了睡覺之外，它是不肯休息的（其實在我們睡覺的時間裡，它還給我們布置了一些童話一樣的夢境……），但它在重複地做同樣的工作，做得太久的時候，它就不耐煩而疲勞起來了。我有一位小朋友，是個「三好」學生。有一次我問他怎樣能做到「三好」，他笑著說：「問題就在於合理安排時間。具體地說，我嚴格遵守早睡早起的習慣，晚上九時以前一定睡覺，早上六時以前一定起床，鋪床疊被、洗臉漱口以後，做早操或跑步，在早飯後上學前，我就做比較繁難的作業，比如算術。早晨頭腦最清醒，做起作業來，往往事半功倍。上課時，我堅持專心聽講，專心做筆記，這樣比下課後再去問老師或問同學就省事得多。午飯後，上課前，我一定按時睡午覺，這樣，頭腦得到了休息，下午上課就有精神。下課回家，我就做作業，但我決不使自己做到頭昏眼花。我感到頭腦疲勞了，我就給它換一種工作，比如說作文做不下去了，我就起來看看一些青少年讀物和報紙，或做些戶外遊戲，比如說打球、跑步，或做些家務勞動，比如說打飯抹桌、涮盤洗碗、倒垃圾……」他說到這裡，笑了，說：「其實現在我的同學們也都是這樣安排時間的，各人家庭的情況不一樣，時間表就也不完全一樣，但是在打倒『四人幫』以後，我們都努力地利用每一分每一秒，使我們的每一分每一秒都用在向『三好』進軍的事情上面。我們覺得學會合理地科學地安排時間，就是提高科學文化水準的開始！」

今天，我回憶著他講的這些話，覺得並沒有什麼特別出奇的地方，也沒有說什麼「雄心壯志」，比如說到了本世紀之末他要做什麼「家」等等，但他卻有一股紮紮實實，利用每一分每一秒的時間，苦幹加巧幹，一步一個腳印地，走到二十一世紀，來實現他所要完成的新時期的總任務的決心和信心。他是在「時刻準備著」！

讓我們都向他學習吧，祝你們身體好，學習好，工作好！

你們的朋友冰心

一九七八年七月二十七日

注：本篇最初發表於《兒童時代》一九七八年九月第六期。）

通訊四

親愛的小朋友：

這些年來，尤其是最近，我常常收到小朋友們的來信，問我怎樣才能寫好作文。我真覺得一時無從說起，而且每一個小朋友的具體情況不同，我也不能一一作答。我想來想去，只能從我自己的寫作經驗和實踐說起。

首先，創作來源於生活，沒有生活中的真情實事，寫出來的東西就不鮮明，不生動；沒有生活中真正感人的情境，寫出來的東西，就不能感人。古人說「情文相生」，也就是說真摯的感情，產生了真摯的文字。那麼，從真實的生活中，把使你喜歡或使你難過的事情，形象地反映出來，自然就會寫成一篇比較好的文章。

許多小朋友問道：「我遇到過許多使我感動的事情，心裡也有許多感想，可就是有『意思』沒有『詞兒』，怎樣辦？」那麼，從我自己的經驗來說，除了多看書多借鑒之外，沒有別的辦法。

小朋友比我幸福多了！我小的時候，舊社會很少有為兒童編寫的讀物，也很少適宜於兒童閱讀的東西。我只在大人的書架上亂翻，勉強看得懂的，就抽出來看，那些書也不過是《西遊記》《水滸傳》《三國演義》之類，以後就是些唐詩、宋詞，以及《古文觀止》等等，但是現在想起來，也就是這些古書，給了我很大的益處。

毛主席教導我們說：「我們必須繼承一切優秀的文學藝術遺產，批判地吸收其中一切有益的東西，作為我們從此時此地的人民生活中的文學藝術原料創造作品時候的借鑒。有這個借鑒和沒有這個借鑒是不同的，這裡有文野之分，粗細之分，高低之分，快慢之分。」我自己對於毛主席這段話的體會是：借鑒前人的文章詩詞，至少可以豐富我們的詞彙，使得我們在寫情寫境的時候，可以寫得更簡練些，更鮮明些，更生動些。

「四人幫」打倒了，不但有更多的少年兒童刊物和讀物出版了，還有許多在「四人幫」橫行時候，不能再版的現代作品，如《劉白羽散文選》，以及「四人幫」打倒了之後的新作品，如劉心武老師的《母校留念》短篇小說集等也出版了。我只舉了以上兩本，其他還有許許多多，有待於小朋友自己去翻閱了。此外，重新出版了《唐詩選》《宋詞選》《古文觀止》等古書，這些古代作品，都是經過精選的，有機會可以拿來看看，不懂得的地方可以看注解，還可以問老師；最方便的還是自己會用工具書，如查《新華字典》，或《辭海》《辭源》。一個詞或字，經過自己去查去找，也更容易記住。

就這樣，你看的書多了，可以借鑒的東西也多了，你的詞彙就豐富了。當你寫一篇作文，如〈我的第一位老師〉的時候，你的第一位老師的形象，微笑地站在你的面前，你就會運用你新學到的詞彙，來描寫她的容貌、聲音、語言、行動。因為你寫的是你所熟悉的真人真事，而你寫得又那樣的鮮明生動，那自然就是一篇好文章。當你寫一篇作文，如〈動物園的一天〉，你就會用你新學到的詞彙，來描寫出你所看到的鳥、獸、蟲、魚；花、草、樹、木的種種的顏色、動作和聲音。因為你形容得那麼逼真、活潑，就一定會得到讀者的欣賞和共鳴。這就是「情文相生」的另一方面！

小朋友，炎暑過去了，學校又開學了。我能體會到你們見到老師和同學們，以及捧著新課本時的歡喜情緒，這都是鼓舞你們向科學文化進軍的力量。我希望你們不但要好好學習課內的書，有空的時候，也多看些課外的書，比如說，像我在上面提到的那一些。這不但是為幫助你寫好作文，最重要的還是擴大你的知識面。知識就是力量，我們社會主義祖國的接班人，就需要這種力量，是不是？希望你們愛書，好書永遠是我們最好的朋友！

你們的朋友冰心

一九七八年九月七日

注：本篇最初發表於《兒童時代》一九七八年十一月第八期。）

通訊五

親愛的小朋友：

昨天下午有兩位日本青年人來看我，我們雖是初次見面，談起來卻像舊友重逢那樣的興奮、歡喜！

這兩位青年人，一位是日本東京日中學院（這所學院是專學漢語的，從一九六四年創辦起，已經畢業了一萬多名學生了）的教師，現在北京的一所外語學院教授日語。另一位是在我國工作的日本專家的兒子，他從小在北京，從小學念到大學畢業。他們都是三十歲以下的年輕人！

我們三個年紀相差半個世紀的人，卻滔滔不絕地從中日兩國幾千年來互相學習互相補充的血肉相連的文化談起，談到一九七二年九月的中日邦交正常化的聲明，和今年八月中日和平友好條約的簽訂，以及今年的十月鄧副總理的訪日等等。我們都深深地懷念著親切關懷中日友好事業的毛主席和周總理，他們都深信中國和日本這兩個有著深廣的文化關係的、一衣帶水的兩岸的偉大民族，終究會緊緊地攜起手來，為亞洲和世界的和平進步，作出貢獻。現在，中日兩國十億人民的願望終於實現了。周總理曾經說過，「飲水不忘掘井人」，日本朋友談到這裡，很難過地說：「周總理曾答應我們說，在日中和平友好條約簽訂之後，在櫻花盛開時節，他將到日本去訪問。現在我們飲到了這股和平友好的湧泉活水，而我們竟然不能受到中國方面最偉大的掘井人周總理的訪問，明年櫻花時節，我們將如何地懷念他呵！」過了一會，我說：「你們在今年十月的『萬山紅遍』『楓葉如丹』的紅葉季節，不是接受了我們鄧小平副總理的訪問嗎？一樁偉大的事業，一定有很好的接班人，讓我們都努力做他們的接班人吧。」小朋友，當時我說這些話，不但是安慰他們，也是安慰和鞭策我自己。談起中日友好，這二十多年來，中日兩方的老一輩人，辛辛苦苦、一鋤一鍬地掘出了這一口清甜的湧泉活水，是走過了極其曲折的道路，做了極其艱巨的努力的！這個成果，來得不易，小朋友們必須永遠銘記！

說起中日兩國文化上的來往與交流，早在西元一世紀的時候，漢朝班固所作的《漢書》裡，就有關於日本的記載，此後如唐朝的鑒真法師（死在日本），詩人李白的詩友、日本人晁卿（死在中國）等，他們對於交流文化的偉大事蹟，都是我們所欽佩而且樂道的。此後兩國有了更加頻繁的來往，將來你們讀歷史時都會知道而且會感到興趣的。

從我自己來說，解放前因為赴美就學，就有幾次路經日本，解放後又參加了好幾次的友好代表團去過日本，結交了日本的廣大人民，參觀過日本美麗的國土，就深深地感到我們兩國文化上相互的深廣影響和人民間的深厚友誼。我們兩國人民之間，無論在文字上、繪畫上、建築上、醫藥上，甚至在穿衣吃飯上，都有著共同的語言。為了亞洲和世界的穩定和平，我們這兩個勇敢勤勞的偉大民族，一定要世世代代地友好下去。

這兩位日本朋友，同我談的話很多，那位從北京大學畢業的青年，悲憤地談到「四人幫」對北京大學的摧殘和壓迫，談到《天安門詩抄》，談到「四人幫」粉碎以後的狂喜。那位日中學院的教師，同我談到日本人民所最敬愛的中國名人，是毛主席、周總理和魯迅。最後談到中國的兒童，他說：「您不是很愛孩子嗎？我也很愛孩子。我剛到中國不久，還沒有同中國兒童接觸的機會，但是每個星期天，我都帶著照相機，到公園去照孩子們活動的相片。我覺得中國的兒童，特別的天真活潑！」我笑了，我說，「你不覺得日本兒童也是天真活潑可愛嗎？」他們也都笑了，說：「是呵，他們都是我們很好的接班人呵！」臨走時，他們和我緊緊地握手，再三地說：「我們希望您多為兒童寫作！」

親愛的小朋友，我實在沒有一時一刻忘記我的喜愛和責任。你們是早晨八九點鐘的太陽，希望寄託在你們的身上！

毛主席在第一屆全國人民代表大會的開幕詞裡，勉勵我們要「為了建設一個偉大的社會主義國家而奮鬥，為了保衛國際和平和發展人類進步事業而奮鬥」。在新的長征路上，你們是在共產黨領導下一支龐大的生力軍，你們肩上負著：建設一個四個現代化的社會主義祖國，和保衛國際和平和人類進步的重大而艱巨的責任。為了完成這個任務，我希望你們也把我們肩上的促進中日和平友好的責任，分擔起來，接受過去，因為這是我們擁有九億人口的中國，對於亞洲和世界的進步和平，所能貢獻的一個重要的組成部分！

祝你們健康、進步！

你們的朋友冰心

一九七八年十一月十九夜

注：本篇最初發表於《兒童時代》一九七九年第一期。）

通訊六

親愛的小朋友：

窗外一聲爆竹，把我從沉思中驚醒了，往窗外看時，我看見一個小朋友正在雪地上放爆竹呢。他只有七八歲光景，穿著一件藍色棉猴，蹲在地上，把手臂伸得長長地在點一支立在地上的鞭炮。遠遠地還站著一個穿著紅色棉猴的小女孩，大概是他的妹妹吧。她雙手捂著耳朵，充滿著驚喜的雙眼卻注視著那嗤嗤發聲的鞭炮……多麼生動而可愛的一幅圖畫呵！這使我想起我小的時候，每到新春季節，總會看見人家門口貼的紅紙春聯，上面有的寫著「爆竹一聲除舊，桃符萬戶更新」——桃符就是春聯的別名，這對春聯，到現在也還有其現實的意義，就是說一聲巨響的爆竹，一陣濃烈的硝煙，掃除了阻礙我們前進的一切舊的東西，比如說，封建主義、官僚主義；之後，家家戶戶的春聯還要寫上他們自己迎接新春的最新最好的決心和願望，這不但是鞭策自己，也是鼓勵別人！小朋友，一九七九年來到了，我們最新最美的決心和願望是什麼呢？

黨的三中全會，向我們號召說：「全黨工作的著重點應該從一九七九年轉移到社會主義現代化的建設上來。」小朋友，你們都是社會主義現代化的後備軍，今天，你們的著重點應該放在哪裡呢？

四個現代化關鍵在科技，基礎在教育，而中小學的教育更是基礎的基礎！那麼，在中小學的課程裡，哪一門是最重要的呢？我覺得最重要的還應當是語文！

文字是寫在紙上的語言。認不清、看不懂文字就等於視而不見的瞎子；寫不出、寫不好文字就等於說不出話的啞巴。生活在舊社會的廣大勞動人民所吃過的不識字的苦，我們聽到看到的難道還少嗎？

有好幾位數、理、化的教師，都懇切地對我談過，學生如不把語文學好，就看不懂數、理、化的書本和習題，對於他所認為最重要的數、理、化課程，就不會有很好的理解。他們感慨地說：「數、理、化學不好，拉了四個現代化的後腿，而語文學不好就拉了數、理、化的後腿。」他們講得多麼深刻呵！

學習語文本來就是要培養我們識字、閱讀和寫作的能力，這是在四個現代化長征路上最起碼的武裝。語文又是一切裝備中，最銳利的武器。語文學好了，工作才能做好，才能精益求精，學外語也是如此。還有，無論外語學得多好，如果不在本國語文上下工夫，也就不能把外語翻譯得準確、鮮明、生動，也就不能收到「洋為中用」的效果！

要學好語文，上課、聽講、做作業，當然是主要的，但這還不夠。我們一定要把學習語文的門戶開得大大的，除了課本之外，各人要自己找書看，看到好書後，同學之間還要互相介紹，也要向老師和家長請教。

小朋友，切不可把看書當做一種負擔，看書是一種快樂，一種享受。蘇聯文學家高爾基曾經這樣說過：「我興奮地、驚異地閱讀了許多書，但這些書並沒有使我脫離現實，反而加強了我對現實的興趣，提高了觀察、比較的能力，燃起了我對生活知識的渴望。」你一旦進入了生活知識的寶庫，你就會感到又喜又驚，流連忘返。而你從這寶庫裡所探到的一切，就會把你「全副披掛」了起來，使你能在社會主義現代化的長征路上，成為一個無比堅強的戰士。

讓我告訴你們一個大好的消息：全國少年兒童讀物出版工作會議，擬定了一個一九七八年至一九八〇年部分重點少兒讀物出版的規劃。擬定出版的圖書有：《少年百科全書》《小學生文庫》《少年自然科學叢書》《少年科學畫冊》以及《外國兒童文學名著》等將近三十套。我們有了已經出版的許多兒童讀物，再加上這將近三十套的圖書，在將來的三年中，就盡夠你們在知識的海洋中游泳的了，不是嗎？
我在充滿了希望與喜悅的心情之中，向你們祝賀，願你們過一個健康快樂的春節！

你們的朋友冰心

一九七八年十二月三十日

通訊七

親愛的小朋友：

去年十二月中旬，我得到美國威爾斯利大學（Wellesley College）的一封信，是一位中文系的助教寫來的。她說：她將帶領一個訪問團來到北京，她們希望能在中華人民共和國見到一位校友。她還客氣地說：為了有助於她們對今日中國的了解，團員們都極其興奮地期待著這一次會見。

小朋友，威爾斯利女子大學就是我早年在美國留學時上的那所大學。它是只收女生的，二十年代時約有兩三千個學生，都住在校園裡。我是個研究生，本來可以住在校外，但我是「外國人」，在美國沒有家或親戚，因此也就讓我住在校內。我很愛這個校園，回國後，我常常想起它，夢見它，它的旁邊有一個波光灩灩的慰冰湖，湖畔的校舍裡住著我的好老師、好同學。近幾年來它又和美國著名的工科大學，麻省理工學院的工科班或理科班，聯合上課，而且成立了一個中文系。這都是半世紀以前想像不到的！

今年一月二十三日的下午，我在北京友誼賓館和我的美國同學會見了！我懷著期待和興奮的心情，進入了會客廳。我看見坐成一大圓圈的幾十個美國姑娘，她們穿的不是細褶裙子，而是長褲；不同顏色的頭髮，梳的不是髻兒，而是有的披散著，有的剪得比較短，這不是半個世紀以前我所熟悉的裝束，但是那熱情的笑臉和興奮的目光，不是和我以前在校園裡所遇見的一模一樣嗎？

我不禁像重逢久別的舊友那樣，伸出手去，叫了出來：

「好呀！姑娘們，慰冰湖怎麼樣了？」

在這一聲招呼下，頓時滿屋子活躍起來了，我的矜持和她們的靦腆，一下子都消失了！

這些大學生都是二十上下年紀，最大的就是那位中文系的助教，和我到美國那年的歲數一樣——二十三歲。其中還有一個學生，是今天在北京過她的十八歲生日的！

我們的談話是熱鬧而雜亂的。我問起我的老師們，這些學生是已經不認識了或者只聽到那些名字。我住過的宿舍，除了閉壁樓還在（一個學生高興地叫：「我就住在那裡！」），而娜安辟迦樓，這所美國著名詩人惠特曼曾經描寫過的那座樓，早已拆了重建了。只有慰冰湖還是波光蕩漾地偎倚在校園的旁邊。

她們爭著告訴我：她們已經參觀過故宮博物院，遊覽過頤和園了。她們登上那巍峨的萬里長城，還都登上了最高的烽火臺。

從萬里長城，我們談到了中國四千年的悠久的歷史和文化，談到了今日的中國，中國的九億人民。談到了已故的毛主席和周總理，談到了今日中國的黨中央。她們知道得最多的，是我們敬愛的周總理。

她們又談到她們大學近幾年來才成立的中文系，系裡有中國的和美國的教授，讀的是茅盾、老舍、巴金和曹禺幾位作家的著作。我告訴她們，茅盾、巴金和曹禺都還健在，而且都在繼續寫作，她們又驚喜地歡呼了起來。

最後，我們的談鋒，自然而然地集中到中美人民的友誼上，她們都認為中國和美國這兩個太平洋兩岸最古和最新的偉大民族，攜起手來，取長補短，互相學習，一定會為世界和平和人類進步作出極大的貢獻！

這正是我心裡的話！我說：「我年紀大了，我也要為這偉大的事業，盡上我自己的力量。但你們是初升的太陽，將來的世界是屬於你們美國和中國以及世界上的青少年的。你們有責任把這個世界建設得和平而美好。」

我知道她們在傍晚還要到友誼商店去買些紀念品，也要去吃一頓北京的烤鴨，在祝願她們有一個快樂的夜晚之後，我就站起來和她們道別。她們依依不捨地留我和她們合照了幾張相片，又把我送到賓館門口。

回家的路上，我向天仰首，感到天空也高曠得多了，廣闊的馬路兩旁排列整齊的看不到頭的楊樹枝頭，雖然還沒有葉子，但已在回黃轉綠。我聞到了濃郁的春天氣息！

小朋友，世界人民之間的友誼是寶貴的，我們要珍愛它，培育它，促進它。你們是二十一世紀的主人翁，你們要和美國的青少年，日本的青少年，和歐洲、非洲、拉丁美洲以及其他各國的青少年團結起來，把我們老一輩人為世界和平、人類進步所做的努力，繼續和發展下去。

情長紙短，不盡欲言，祝你們三好！

你們的朋友冰心

一九七九年二月二十二日

通訊八

親愛的小朋友：

節日好！好久沒有給你們寫信了，但是在這一春天裡，我一刻也沒有把你們忘掉，特別是看到春草綠了，春花開了，想到在春天裡生氣勃勃地鍛煉著、學習著、工作著的我國的兩億小朋友，我對我國的四個現代化的未來，總是充滿著希望和喜悅。現在借著祝賀節日的機會，告訴你們我最近遇到的很難忘記的事。

有一天早晨，我出去開會，因為是雨後初晴，這大院裡的地上還是很滑的，我只顧低頭看路，忽然聽見前面有清脆的聲音叫：「老爺爺，慢點走，等我來扶您！」抬頭看時，原來是一個背著書包、戴著紅領巾、梳著雙辮的小姑娘，正在追上一位老爺爺，扶著他的胳臂，慢慢地走過一段泥濘的路。等到走上了柏油大路，老爺爺向她點了點頭，她才放了手，笑著跳著向前走了。這時馬路邊有幾個小孩子，正在圍住一棵新栽上的小楊樹使勁地搖晃。這個小姑娘走過去，不知道對那些孩子說些什麼，孩子們都放了手，抬頭看著她不好意思地笑著。她笑著拍了拍每個孩子的頭，正要往前走，又看見馬路上散落著一些紙片，那是走在她前面的那個男孩子邊走邊撒的。她就停下來，把那些碎紙一片一片地撿了起來，三步兩步地追上前去，把這些紙塞在那個男孩子的手裡。他們站在路邊說了幾句話，我也聽不見他們說些什麼，只看見那個男孩子先是低下頭，後來又點了頭，最後他們兩人又說又笑地向前走去。

我想再跟她走下去，但是我開會地點和她要去的學校不在一條路上，我們必須分開走了。而我還是站在路口望著他們並肩走去的背影，久久捨不得離開。

多麼好的一個孩子！只在短短的幾分鐘裡，短短的一段路上，她已經做了這幾件好事，那麼，在一天、一年、一生中，她該為人民為國家做多少好事呢？

親愛的小朋友，我們都知道而且堅信，只有現在的「三好」學生，才能勝任地負起實現我國四個現代化的光榮任務。關於怎樣能做到身體好，學習好，小朋友們一定都聽得很多，在此我就不多說了。因著那位小姑娘的啟發，對於怎樣做到工作好，我倒有點想法。小朋友們不但在家庭裡和學校裡有許多工作可做，而且在社會上也可以做許多工作。就像我看到的那個小姑娘，她在上學路上，就扶著一位老大爺走過一段難走的泥路；還說服了幾個小孩子，要他們愛護綠化城市的樹木；還幫助她的同學，要他愛護公共衛生和整潔的市容。她不知道我跟在她後面，她不是做給我看。她的這些良好的表現是從她所受過的良好的家庭、學校、社會教育裡逐漸養成的。習慣成自然，她的良好的一言一行是多麼自然可愛。

小朋友，讓我們都向她學習，一個小朋友每天做幾件好事，那麼兩億小朋友會做出多少好事呢？我們祖國面貌的日日更新，還會是一件很難的事情嗎？

小朋友們一定會看到更多的像我所看到的這樣閃光的兒童形象，不妨也寫出來讓我們互相學習吧！

再一次祝你們節日快樂！

你們的朋友冰心

一九七九年五月十二日

通訊九

親愛的小朋友：

當我拿起筆來的時候，正是北京晴空萬里的秋天。窗外燦爛的陽光穿過楊柳的濃陰，射來一層層淡煙般的光霧！多麼好的天氣呵！我懷著無限歡悅和爽朗的心情，來給我的久違的小朋友們寫這一封信。

這一夏天，我沒有給你們寫過一個字，但是我知道全國有許多小朋友，在祖國的山巔海隅過著夏令營的生活，既鍛煉了身體，也豐富了知識。其他的小朋友也在此長期的休假中，做了些有益的戶外活動或遊戲，看了些長篇的小說或讀物。我所看到和聽到的關於小朋友假期生活中的一切，都使我滿意、歡喜。

「四人幫」打倒了之後，在小朋友們的學習生活上，有了很大的轉變。你們不但努力學習，還養成了愛看課外書籍的習慣，這是一個極好的現象。但同時我也覺察到有的小朋友比較重視讀書而忽視體育，個別的還把文化學習和體育運動對立了起來。我覺得這是不應該的。健康的精神寓於健康的身體，你的身體柔弱，無論你書讀得多好，學問多深，將來工作起來也沒有精力。處順境時既會感到力不從心，處逆境時更會感到消沉頹喪，這對於現在我國萬眾一心，勵精圖治的大好形勢，是極不相宜的。

我不妨把我自己少年時代關於看書和室外活動的經驗和教訓，說給小朋友們聽聽。

我從小是在山邊海隅長大的，在山路上騎馬或在淺海上划船，都給我以最大的快樂。就感到和大自然接觸，在清新的空氣中、燦爛的陽光下，總使人心胸開朗，精神振奮，學習起來頭腦也加倍清醒，學得快也記得牢。但在風晨雨夕，我出不去的時候，就關起門來找書看。那時候社會上並沒有多少兒童讀物，我在大人書架上所能找到的小說，就是《三國演義》《水滸傳》以及英國作家狄更斯寫林琴南翻譯的《塊肉餘生述》等等。我一口氣看了下去，坐久了，眼力用多了，就覺得精神恍惚、天地異色！特別是看到書中人物受折磨、受苦難的時候，如《水滸傳》中「林教頭風雪山神廟」，《塊肉餘生述》中，孤兒大衛受到後父凌虐的一段等等，我就傷感抑鬱，不能自已。這時候，我就趕緊放下書本，跑到戶外去，讓天上的雨絲風片，來洗掉吹散我的愁緒，來恢復我的精神。

小朋友比我小時幸福多了，你們現在不但有許許多多的兒童讀物，可供你們翻閱，而且也不像我小時沒有過學校生活以前，只能單獨地在戶外活動。你們在學校裡的體育課是集體活動，可以訓練整齊嚴肅的組織性和紀律性，在班際、校際比賽中還可以培養出團結合作，勤學苦練的良好作風。這巨大的效果，在二十年後，你們做了我國四個現代化的主力軍時，就會充分地顯示出來。那時你們就會滿意地說：虧得我們小時候，積極參加了健康有益的活動，使得我們勝利地對抗了資產階級的東西，鍛煉了意志，堅持了學習，才有這麼多的精力，來為人民做出應有貢獻！

話就講到這裡吧，祝小朋友們在新學年開始的時候身體健康，學習進步！

你們的朋友冰心

一九七九年九月十三日

通訊十

親愛的小朋友：

八十年代又過了三個星期了，日子過得多快！前些時候我忙於許多事務，不願在煩雜的心情之中，給你們寫信。

昨天，偶然在一位朋友家裡，見到一位海外歸來探親的老人，談了一個下午，他的談話使我歡喜而又興奮，我趁今天早起神清氣爽的時光，來向你們報導我所聽到的一切。

這位老人和我同歲，也是「世紀同齡人」了，他高興而又慨嘆地說：「從我離開祖國三十五年，我已經回來三次了。第一次是一九五九年秋天，我首先來到了天安門廣場，環顧四周，天安門樓披上了莊麗的新裝，兩旁的高大建築，是那樣的端嚴肅穆，路上來往如織的行人，都是那樣的健壯愉快，我高興得落下了淚。中國人民站起來了，我又到海外去，我覺得我胸背也挺直了，說話的聲音也洪亮了！第二次回來，是一九七六年的春天，那正是『四人幫』橫行的時候，周總理又逝世了，到處看到的都是傷心慘目的景象，我的心涼了下去，覺得似乎中國一下子又垮下來了。但是，這一年的清明節，我又到了天安門廣場，看到那花山，那詩海，那憤激奮發的人潮，我的心血又沸騰了起來，我流著淚握著一個正在抄詩的少年的手說：『好好幹吧，希望寄託在你們身上！』

「但我還是懷著不安的心情回到海外去的。這次回來，是第三次了，我所看到的比我在海外所想像的或聽到的好多了。只有您和我這麼大歲數的人，才能體會到把『四人幫』留下的爛攤子，收拾到現在這個樣子，是多麼不容易！當然我也看到了許多缺點，比方說，都市的大街上有一些青年人，穿著五顏六色的奇裝異服，留著長髮和鬍子，嚼著口香糖，哼著海外六十年代流行的、有教養的外國人也不唱的小曲！但是，在我的親戚和朋友家裡，卻看到了中華民族的精華，他們的第二代，也就是四十歲左右的人吧，這些人在他們工作的單位裡，多半都是骨幹。他們在吃和穿上都十分儉樸，最使我感動的是在他們居住的十幾平方米的屋子裡，小小的一張書桌上，他們還在認真地輔導他們孩子們的學習，直到孩子們睡了以後，他們才開始攤開圖紙或拿出書本，專心致志地做自己的工作！而他們的孩子，也就是我們的第三代吧，大都是健康活潑的、大方有禮的。單就這些孩子們對我這個海外歸來的陌生老人，那樣的恭敬和溫暖來說，我就覺得我們中國傳統的人與人之間的良好親密關係，並沒有丟失。這使得我習慣於『金錢第一』的社會空氣的人，忽然聞到了一種健康清新的氣息！

「我承認我們中國在科學技術上，是遠遠的落後於西方的，但是我們有這麼多年輕有為的青年人少年人，只要大家萬眾一心，艱苦奮鬥，迎頭趕上，在本世紀內實現四個現代化是大有可能的。但一定要『萬眾一心』，一定要『艱苦奮鬥』，不然的話就難說了，您說是不？

「至於我們海外華人呢，我們也有我們的第二代和第三代，他們也都是熱愛祖國的。他們都願意在科學技術上，盡上自己的所知所能，給祖國的社會主義大廈添磚添瓦……」

他的紅光滿面的笑臉，和懇摯洪亮的笑聲，一直在我面前耳中蕩漾。親愛的小朋友，記得我小的時候，總喜歡坐在老人旁邊，聽他們談著對過去的回憶，和對將來的憧憬。他們的話對我往往有很大的啟發和鼓勵。

現在我把這位老人的這段談話，珍重地告訴你們，希望你們知道了也記住：有多少我們海外的親人們，把對祖國的一切希望都寄託在你們身上！你們的責任是多麼重大呵！

此信到時，你們已經考完了學期考試，在歡度春假了，祝你們健康快樂！

你們的朋友冰心

一九八〇年一月二十二日

臺灣版後記

為重寫中國兒童文學史做準備

眉睫（簡體版書系策畫）

二〇一〇年，欣聞俞曉群先生執掌海豚出版社。時先生力邀知交好友陳子善先生參編海豚書館系列，而我又是陳先生之門外弟子，於是陳先生將我點校整理的梅光迪講義《文學概論》（後改名《文學演講集》）納入其中，得以出版。有了這個因緣，我冒昧向俞社長提出入職工作的請求。俞社長看重我對現代文學、兒童文學研究的能力，將我招入京城，並請我負責《豐子愷全集》和中國兒童文學經典懷舊系列的出版工作。

俞曉群先生有著濃厚的人文情懷，對時下中國童書缺少版本意識，且缺少人文氣質頗不以為然。我對此表示贊成，並在他的理念基礎上深入突出兩點：一是以兒童文學作品為主，尤其是以民國老版本為底本，二是深入挖掘現有中國兒童文學史沒有提及或提到不多，但比較重要的兒童文學作品。所以這套「大家小書」，頗有一些「中國現代兒童文學史參考資料叢書」的味道。此前上海書店出版社曾以影印版的形式推出「中國現代文學史參考資料叢書」，影響巨大，為推動中國現代文學研究做了突出貢獻。兒童文學界也需要這麼一套作品集，但考慮到兒童讀物的特殊性，影印的話讀者太少，只能改為簡體橫排了。但這套書從一開始的策劃，就有為重寫中國兒童文學史做準備的想法在裡面。

為了讓這套書體現出權威性，我讓我的導師、中國第一位格林獎獲得者蔣風先生擔任主編。蔣先生對我們的做法表示相當地贊成，十分願意擔任主編，但他畢竟年事已高，不可能參與具體的工作，只能以書信的方式給我提了一些想法，我們採納了他的一些建議。書目的選擇，版本的擇定主要是由我來完成的。總序也由我草擬初稿，蔣先生稍作改動，然後就「經典懷舊」的當下意義做了闡發。可以說，我與蔣老師合寫的「總序」是這套書的綱領。

什麼是經典？「總序」說：「環顧當下圖書出版市場，能夠隨處找到這些經典名著各式各樣的新版本。遺憾的是，我們很難從中感受到當初那種閱讀經典作品時的新奇感、愉悅感、崇敬感。因為市面上的新版本，大都是美繪本、青少版、刪節版，甚至是粗糙的改寫本或編寫本。不少編輯和編者輕率地刪改了原作的字詞、標點，配上了與經典名著不甚協調的插圖。我想，真正的經典版本，從內容到形式都應該是精緻的、典雅的，書中每個角落透露出來的氣息，都要與作品內在的美感、精神、品質相一致。於是，我繼續往前回想，記憶起那些經典名著的初版本，或者其他的老版本——我的心不禁微微一震，那裡才有我需要的閱讀感覺。」在這段文字裡，蔣先生主張給少兒閱讀的童書應該是真正的經典，這是我們出版本套書系所力圖達到的。第一輯中的《稻草人》依據的是民國初版本、許敦谷插圖本的原著，這也是一九四九年以來第一次出版原版的《稻草人》。至於解放後小讀者們讀到的《稻草人》都是經過了刪改的，作品風致差異已經十分大。俞平伯的《憶》也是從文津街國家圖書館古籍館中找出一九二五年版的原著來進行重印的。我們所做的就是為了原汁原味地展現民國經典的風格、味道。

　　什麼是「懷舊」？蔣先生說：「懷舊，不是心靈無助的漂泊；懷舊也不是心理病態的表徵。懷舊，能夠使我們憧憬理想的價值；懷舊，可以讓我們明白追求的意義；懷舊，也促使我們理解生命的真諦。它既可讓人獲得心靈的慰藉，也能從中獲得精神力量。」一些具有懷舊價值、經典意義的著作於是浮出水面，比如孤島時期最富盛名的兒童文學大家蘇蘇（鍾望陽）的《新木偶奇遇記》；大後方為少兒出版做出極大貢獻的司馬文森的《菲菲島夢遊記》，都已經列入了書系第二批順利問世。第三批中的《小哥兒倆》（凌叔華）《橋（手稿本）》（廢名）《哈巴國》（范泉）《小朋友文藝》（謝六逸）等都是民國時期膾炙人口的大家作品，所使用的插圖也是原著插圖，是黃永玉、陳煙橋、刃鋒等著名畫家作品。

中國作家協會副主席高洪波先生也支持本書系的出版，關露的《蘋果園》就是他推薦的，後來又因丁景唐之女丁言昭的幫助而解決了版權。這些民國的老經典，因為歷史的原因淡出了讀者的視野，成為當下讀者不曾讀過的經典。然而，它們的藝術品質是高雅的，將長久地引起世人的「懷舊」。

經典懷舊的意義在哪裡？蔣先生說：「懷舊不僅是一種文化積澱，它更為我們提供了一種經過時間發酵釀造而成的文化營養。它對於認識、評價當前兒童文學創作、出版、研究提供了一份有價值的參照系統，體現了我們對它們的批判性的繼承和發揚，同時還為繁榮我國兒童文學事業提供了一個座標、方向，從而順利找到超越以往的新路。」在這裡，他指明了「經典懷舊」的當下意義。事實上，我們的本土少兒出版是日益遠離民國時期宣導的兒童本位了。相反地，上世紀二三十年代的一些精美的童書，為我們提供了一個座標。後來因為歷史的、政治的、學術的原因，我們背離了這個民國童書的傳統。因此我們正在努力，力爭推出真正的「經典懷舊」，打造出屬於我們這個時代的真正的經典！

但經典懷舊也有一些缺憾，這種缺憾一方面是識見的限制，一方面是因為審稿意見不一致。起初我們的一位做三審的領導，缺少文獻意識，按照時下的編校規範對一些字詞做了改動，違反了「總序」的綱領和出版的初衷。經過一段時間磨合以後，這套書才得以回到原有的設想道路上來。

欣聞臺灣將引入這套叢書，我想這對於臺灣人民了解大陸的兒童文學是有幫助的。林文寶先生作為臺灣版的序言作者，推薦我撰寫後記，我謹就我所知，記述於上。希望臺灣的兒童文學研究者能夠指出本書的不足，研究它們的可取之處，為重寫兩岸的中國兒童文學史做出有益的貢獻。

二〇一七年十月於北京

眉睫，原名梅杰，曾任海豚出版社策劃總監，現任長江少年兒童出版社首席編輯。主持的國家出版工程有《中國兒童文學走向世界精品書系》（中英韓文版）、《豐子愷全集》《民國兒童文學教育資料及研究》，主編《林海音兒童文學全集》《冰心兒童文學全集》《豐子愷兒童文學全集》《老舍兒童文學全集》等數百種兒童讀物。二〇一四年度榮獲「中國好編輯」稱號。著有《朗山筆記》《關於廢名》《現代文學史料探微》《文學史上的失蹤者》，編有《許君遠文存》《梅光迪文存》《綺情樓雜記》等等。

民國時期經典童書 A0801024

寄小讀者

作　　者 冰　心
版權策劃 李　鋒

發 行 人 陳滿銘
總 經 理 梁錦興
總 編 輯 陳滿銘
副總編輯 張晏瑞
編 輯 所 萬卷樓圖書(股)公司
特約編輯 沛　貝
內頁編排 林樂娟
封面設計 小　草
印　　刷 百通科技(股)公司

出　　版 昌明文化有限公司
　　　　 桃園市龜山區中原街 32 號
電　　話 (02)23216565
發　　行 萬卷樓圖書(股)公司
　　　　 臺北市羅斯福路二段 41 號 6 樓之 3
電　　話 (02)23216565
傳　　真 (02)23218698
電　　郵 SERVICE@WANJUAN.COM.TW
大陸經銷
廈門外圖臺灣書店有限公司
電郵 JKB188@188.COM

ISBN 978-986-496-076-7
2017 年 12 月初版一刷
定價：新臺幣 400 元

如何購買本書：
1. 劃撥購書，請透過以下帳號
帳號：15624015
戶名：萬卷樓圖書股份有限公司
2. 轉帳購書，請透過以下帳戶
合作金庫銀行古亭分行
戶名：萬卷樓圖書股份有限公司
帳號：0877717092596
3. 網路購書，請透過萬卷樓網站
網址 WWW.WANJUAN.COM.TW
大量購書，請直接聯繫，將有專人為您服務。(02)23216565 分機 10

如有缺頁、破損或裝訂錯誤，請寄回更換

國家圖書館出版品預行編目資料

寄小讀者 / 冰心著 . -- 初版 . -- 桃園市 : 昌明文化出版 ; 臺北市 : 萬卷樓發行 , 2017.12
面;　公分 . --(民國時期經典童書)
ISBN 978-986-496-076-7(平裝)
859.08　　　106024151